ふでばこのくにの冒険《ぼうけん》

ぼくを取《と》りもどすために

村上しいこ／作
岡本順／絵

童心社

〈ふでばこのくに〉のルール

その一　うごいたり、しゃべったりしているところを、人間《にんげん》にみつかってはいけない

その二　自分の意思《いし》で勝手《かって》にもち主《ぬし》からはなれない

その三　ごみばこライオンには、はむかわない

その四　もち主の生活に首をつっこまない

その五　運命《うんめい》はしずかに見まもる

その六　ただし、ルールがすべてではない

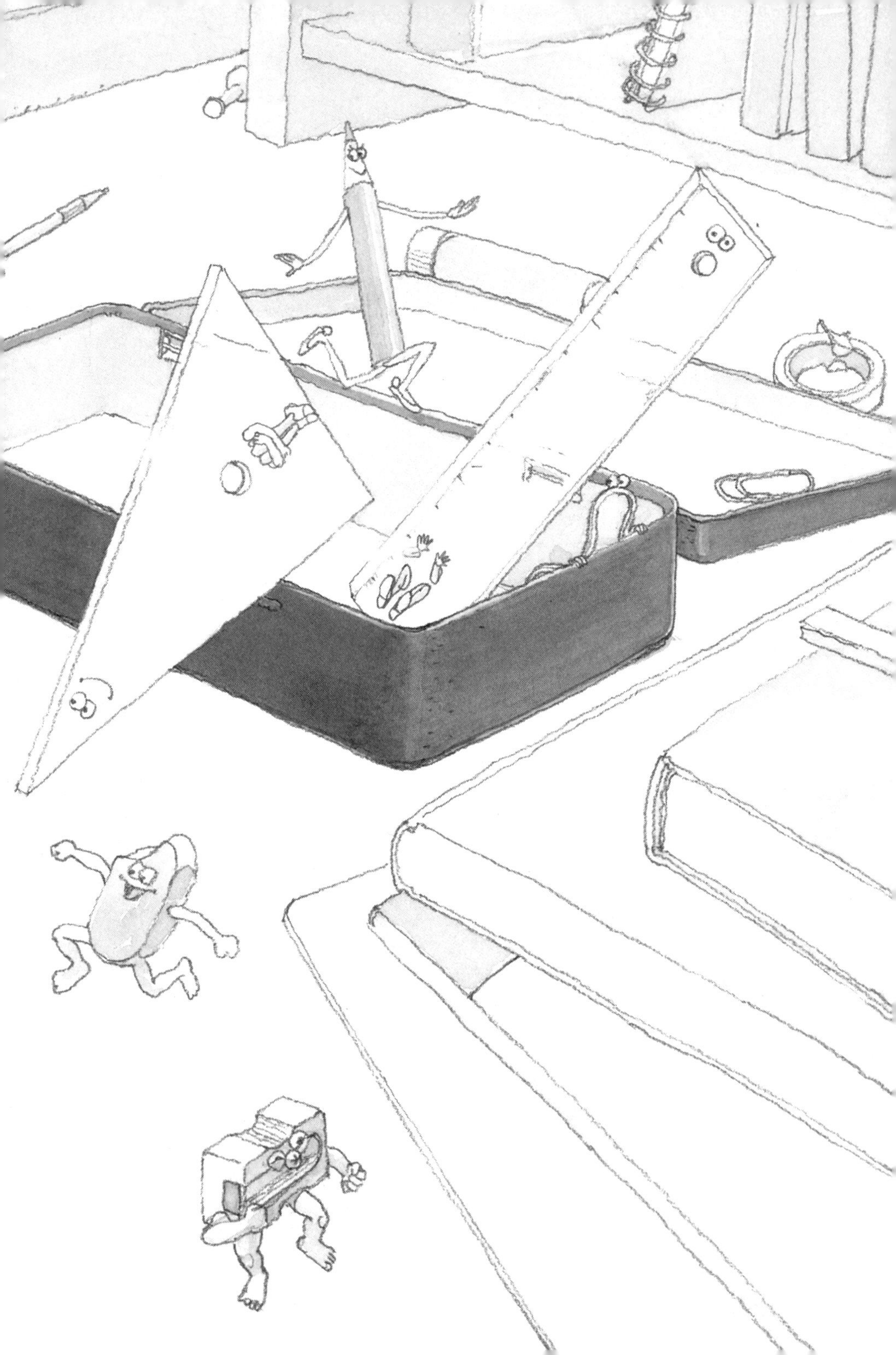

もくじ

1　ここはふでばこのくに ……6

2　修人《しゅうと》はきらわれもの ……27

3　夜の学校でであったのは ……45

4　ブングガングさん ……74

5　ママの本心 ……109

6　れおと人形《にんぎょう》 ……133

7　ぼくはナニモノ ……145

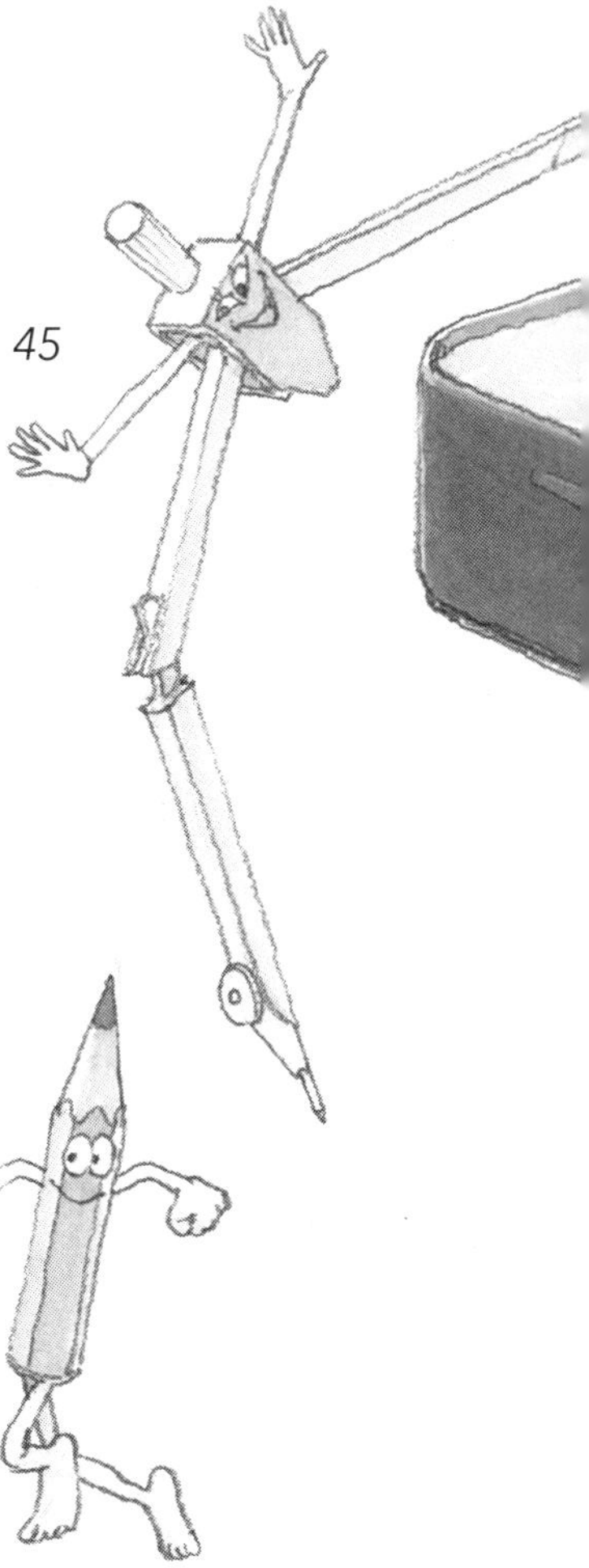

ふでばこのくにの冒険《ぼうけん》

ぼくを取《と》りもどすために

村上しいこ／作
岡本順／絵

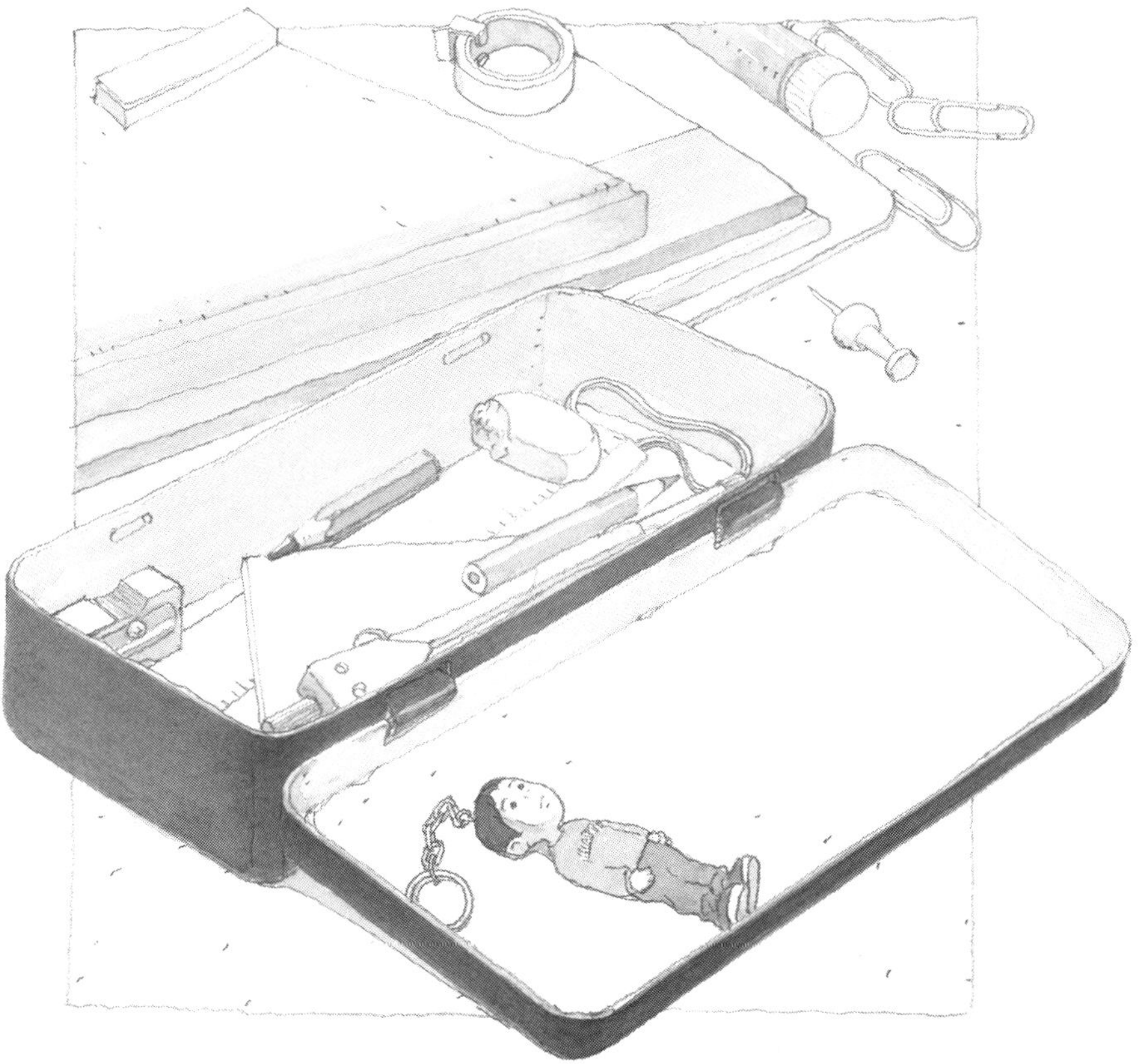

童心社

1　ここはふでばこのくに

朝、目がさめたしゅんかん、へんな感《かん》じがした。

せなかにかたいものがあたっていて、いつものふかふかのベッドの上で、ねている気がしなかった。

首を、右へむけて、（あれっ？）

それから、左へむけて、（なんで！）

思わずぼくははねおきた。

なんと、つくえの上でねむっていたんだ。

からだがちいさくなって、おき時計のながい針《はり》と、ぼくの身長《しんちょう》が、おなじくらいだった。

そんなばかな、とは思ったけど、ならんでいる本も、ドア一まいぶんくらいに、大きく見えた。

時間は、まだ五時半だけど、まどのそとは明るくて、へやの中を見るにはじゅうぶん光があった。

もしかして、おきたつもりで、またゆめを見ているのかな。

ほっぺたをつねってみる。

いたい！

そうなると……。

「……どこ？　ここは、どこなんだ！」

ぼくはさけんでいた。

「うるさいな。しずかにしろよ。新入りさん」

ぎょっとして、ふりかえった。

まっ黒な四角いふでばこから、えんぴつがとびだして立ちあがり、ぼくをにらみつけていた。
目と口がついているだけでも、ぶきみだけど、ほそい手と足もある。はえていると
いってもいい。ほそいからだのわりに、手だけは大きい。
ぼくは声がだせない。
「ねえ、きみ。ここはどこって、おれたちのボス、修人《しゅうと》のへやに決《き》まってるだろ。あ
あ、そうか、おれたちにおどろいたのか？　おれの名まえは、ピッツ。みんな、仲間《なかま》
さ」
そういって、えんぴつが、まわりを見ると、コンパスやじょうぎ、消《け》しゴムや赤え
んぴつ。そして、えんぴつけずりや輪《わ》ゴムまで、ニヤニヤわらいながら、ぼくを見て
いた。
「仲間……」
「そうだ。いうなれば、ここは、ふでばこのくにってとこかな。人間《にんげん》とは、つよいき
ずなでむすばれてはいるが、それはそれ、ちゃんとルールがある。人間のくにと、ふ

HAPPY

でばこのくにのけじめは、きっちりとつけなきゃいけない。

いいか、まずひとつ目。ボスが見ているまえでは、けっしてうごかない。もちろんおしゃべりもだめだ。ふたつ目。自分の意思《いし》で勝手《かって》にボスからはなれない。三つ目は、えっと……」

「ちょっとまちなさいよ。ピッツの話《はなし》は、むずかしすぎる。それにこの子、こわがってる。まだ、きのうきたばかりで、なれてないのよ。ああ、わたしは、コンパスのスーね。あなたの名まえは？　きのうは、ずーっと、だまってたでしょ。まるでここにいることが、なっとくできないって顔《かお》してた。そういえばあなたって、くらやみの中では、目が光るんだね」

ぼくはなにかこたえようとしたけど、なにも思いうかばなかった。

そして、自分を、つまさきから、ゆびのさきまで、ゆっくりとながめてみた。

茶色のズボンに、青色のトレーナー。むねには白く「ＨＡＰＰＹ《ハッピー》」の文字。黒いくつまではいていた。

ぼくはむりにでも、自分のことを説明《せつめい》しようとした。

「……そうだよ、ぼくは、このへやのボス、修人《しゅうと》だよ」

「はいはい、ねぼけたことをいわないで。おもしろくもないし」

消《け》しゴムが、はねるように、ふでばこからとびだした。

頭が半分欠《か》けている。

「ぼくは、じょうだんが、きらいでね。それに、いまのじょうだんでは、だれもわらえない。そうそう、ぼくは、消しゴムのムーだ。ムー博士《はかせ》とよんでくれてもいい」

まじめくさった顔《かお》をしていう。

「ほらきみ、あれをごらん。ぼくたちのボスは、まだベッドでねむっているじゃないか。たしかにきみは、かれによくにているが……そうか、きみはボスのフィギュアなのか？」

ムー博士がゆびさしたベッドには、男の子が、ねむっていた。

ぼくは修人のフィギュアなのか。

いやなゆめでも見ているのか、ベッドの上の少年は、うめくように声をもらした。

声……声……声……記憶《きおく》がぼくの中で、立ちあがる。

そうだ、ぼくのからだに、なにかつめたいものがあたったんだ。

修人《しゅうと》のなみだ。

とたんにぼくの中になにかが、ながれこんできたんだ。


リビングにパパと修人がいた。

「ねえ、パパ。このフィギュア、ママにプレゼントしたいんだけど。ママと連絡《れんらく》とれないかな?」

修人の声はあまえていた。

「それは、むりだよ。わかってほしい」

パパのかぼそい声。

どうしてっていいかけた言葉《ことば》を、むりやり心の底《そこ》におしこめた。

そのかわりに、修人《しゅうと》はいった。

「うん、いいよ。もういわないから安心《あんしん》して」

パパはきずつきやすいから、これ以上《いじょう》つよくはいえない。

修人はだまってへやにもどった。そしていすにすわったとたん、ぼくのからだに、なみだの雨をふらせた。


なぜだろう。そのときからぼくは、ものをかんがえるようになっていた。うごいたり、話《はな》したりもできるようになった。

「ほら、またずまってしまったじゃない」

スーの声がとどいて、われにかえった。

「もしかして、自分がだれなのか、思いだせないの？　かわいそうに」

そばにくると、スーはぼくのかたに手をおいて、やさしくなでた。

「まあ、気にするな。時間がたてば、思いだすさ。いや、思いださないほうがいいかもな。おれなんかそのうち、何度《なんど》もけずられてみじかくなって、えんぴつけずりでもけずれなくなったら、名まえですらよんでもらえなくなる。あとは、ごみばこライオンに食われて終《お》わりさ。名まえなんか、はじめっから、ないほうがましなのかもな」

ピッツが、かたわらで、ぼくを見おろしていた。

名まえなんか、ないほうがいいって……。

ふでばこのくにの住人《じゅうにん》に、名まえがあったほうがいいのか、ないほうがいいのか、ぼくにはわからなかった。

ただ、気にするなとかいいながら、ピッツの茶色いひとみは、ちょっとだけかなしそうな色に見えた。

それにしても、ごみばこライオンって、なんだろう。いやな感《かん》じがした。

「ねえ、ごみばこライオンって、やばいやつなの？」

「いい質問《しつもん》だ。ふでばこのくにのルール、三つ目。ごみばこライオンには、はむかわない。まあ、はむかったところで――」

「やめてよ、ピッツ！」

かんだかいキーキー声が、ピッツの言葉《ことば》をさえぎった。赤えんぴつが、どなっていた。

「朝から、あいつの名まえなんて、ききたくもない。あくしゅみなんだから」

そういって、赤えんぴつは、目をとがらせた。

「もしかして、きみも、ピッツって名まえ？」

ぼくは赤えんぴつに、声をかけた。とたんに赤えんぴつは、手をこしにあてると、

「しつれいね。わたしは、レッド」

と、名のった。

「そのまんまの名まえだね。あはっ」

思わずわらってしまった。

「あらま。ないてたカラスが、もうわらったわ」

スーの声は、マシュマロみたいにやわらかい。

「ぼくは、カラスじゃないし、泣《な》いてもない。ただ……」

「ただ、なに？」

「こまっていただけさ。ぼくがフィギュアだとしても、どうして修人《しゅうと》の感情《かんじょう》や記憶《きおく》が、ぼくの中にあるの？　ぼくはいったい、ナニモノなの？　しかもこんなおかしな場所《ばしょ》にきてしまって」

「おいおい、いくら気にいらないからって、おかしな場所とかいうんじゃねえよ」

ひくい声が、ふでばこの中からきこえた。わる気はないのだろうけど、四角いえんぴつけずりが、するどい刃《は》をちらつかせながら、こっちを見ていた。

「まあ、シャープったら、そんなこわい言葉《ことば》づかいはやめなさいって。ちいさな子どもには、よくあることじゃない。自分以外《いがい》のナニモノかにあこがれて、いつのまにか、自分はそいつだって、思いこんじゃうことって。ボスにあこがれてるんじゃない」

レッドが、かばってくれた。

「この子ったら。見かけよりもずっとおさないのかも。いくつなの？」

コンパスをひろげ、かいてんするスーは、バレリーナのようだ。

「十さいだよ」

「でも、どうしてボスになんか、あこがれるんだい？」

ピッツは、きょうはどのキャップをかぶろうか、まよいながら、せなかできいてきた。

ライオンやゾウ、パンダのキャップがある。

ほそいせなかをながめながら、ぼくは、どうこたえていいのかわかんない。

ピッツは、ふりかえると、

「どう？　これ、にあうかな」

パンダの形《かたち》の、キャップをかぶった。とたんにキャップが、グウーとうなった。

「いや、あんまり」

「なるほど……きみは正直《しょうじき》だ。でもしかたない。『真実《しんじつ》は４B《ビー》よりもこい』と、いうからな。たしかにおれは、いまだに自分にあったキャップを、かぶったことがない。いや、それより、ボスのことさ。なんであこがれるんだ。らんぼうだし、いじわるだし、けんかをしてもあやまらない。先生にだって、口答えするから、さけられてる。そのくせ、父親のまえでは、おりこうさんぶっている。さいあくな性格《せいかく》だよ。おれたちだって、本気でボスだなんて、よびたきゃないけど」

「ピッツ、そこまでいうなよ。ボスにだって、やさしいときもあった。おれはきみよりずっとまえからここにいるから、知っている」

「むかしはそうだったかもな、シャープ。まあいい。ボスの生活には首をつっこまない。これが四つ目のルールだ」

修人《しゅうと》のことを、わるくいわれて、気もちがおちこんだ。

ぼくが知っている修人も、そんなに、わるいやつじゃない。きっとなにかのかんちがいだ。

チチチッと、まどのそとで鳥が鳴《な》いた。

みんな、ふでばこにもどると、しずかになった。

とにかく、ぼくは、なぜだか自分が修人《しゅうと》のような気がするけど、ただのフィギュアだ。

たしかめるために、おそるおそる、頭の上を手でふれてみた。

つめたい金属《きんぞく》が、ゆびさきにふれた。

ああ、やっぱりそうだ。

その部分《ぶぶん》はくさりになっていて、バッグやキーホルダーに、つけられるようになっていた。

そしてまた記憶《きおく》が、池の底《そこ》からわいてくるガスのあわのように、ぼくの心の表面《ひょうめん》にうきあがった。


きのうは祝日《しゅくじつ》で、学校は休みだった。

ぼくはパパと……いや、修人はパパと、科学技術館《かがくぎじゅつかん》というところへいった。

そこで、3D《スリーディー》プリンターをつかって、自分にそっくりなフィギュアをつくるイベントがあった。

顔《かお》の写真《しゃしん》をコンピューターにとりこんで、修人《しゅうと》そっくりなフィギュアができた。つまり、いまのぼくだ。

そして修人はぼくを、ママにわたしたかったんだ。

夕食のあとで、パパのきげんがよさそうだったし、修人はママにフィギュアをプレゼントしたいとたのんでみたんだ。

だけどパパからは、拒否《きょひ》されてしまった。

もっとつよくいえたらいいんだけど、パパはとてもきずつきやすいんだ。ちょっとしたつよい言葉《ことば》で、すぐにふさぎこんでしまう。

ママの言葉にも、いつもきずついて、パパが泣《な》くこともあった。

ママはそんなパパとくらすのに、つかれきって家《いえ》をでていった。

そしていまでは、あたらしい家族《かぞく》をもっている。

それにしても、どうしてぼくの中に、修人《しゅうと》の記憶《きおく》が、ながれこんでくるのだろう。フィギュアってみんな、そういうものなのだろうか。ぼくは修人の、いやな記憶をすいとるスポンジみたいなそんざいなのかも。

それって、さみしい気がする。ぼくにはもっと、ちがうぼくがいるはずだ。そしてぼくにしかできないこともあるはず。

とつぜん、ジリリリリと、目ざまし時計が鳴《な》る。

ぼくはおどろいてとびあがると、そのままたおれこんだ。

ピッツがどんな顔《かお》をしているか、気になって見ようとしたら、

「うごくな！」

ピッツの声がとんできた。

「もうわすれたの？　ふでばこのくにのルール、その一」

ささやくように、スーの声がつづいた。

そうだった。ボスが見ているまえでは、おきもののようにしていなきゃいけない。

修人《しゅうと》がきがえていると、パパが顔《かお》をだす。

「おはよう修人」

「パパおはよう」

パパがなにかいいたそうにしていた。

「パパ。フィギュアのことなら、もういいからね。安心《あんしん》して」

修人が、さきまわりするようにいう。

「そうか。なら、よかった」

パパがほっとした顔になる。

修人も、へやからでていくと、息《いき》をふきかえしたように、ふでばこのみんなが、ざわつきはじめた。

「さあ、きょうもながい一日が、はじまるぞ」

ムーが、気あいをいれて、うでをぐるぐるまわす。

「ながいのか、みじかいのか、わかんないけどね」

スーはおとなしくよこたわったまま、目だけをぱっちりとあけた。

「みじかいとかいうなよ。いちばんきらいな言葉《ことば》だ」

ピッツがイラついた目をむけた。

「そうやって、すぐに感情《かんじょう》をおもてにだすのは、よくないことよ」

レッドが注意《ちゅうい》すると、ピッツは、わかってるよといいたげに、頭をふった。

「そうだ！」

刃《は》を見せて、シャープが声をあげた。みんながいっせいに、かれを見た。

「この子をなんてよぼうか、かんがえていたんだ。名まえがないのは、やっぱりよくない。そこでだ。ボーイってのは、どうだい」

「いいね、それ。どうだい、ボーイ！」

ピッツが親ゆびを立てる。

「ボーイって、少年のこと?」

「まあ、そうだな」

ボーイか……。

心の中で、そっとつぶやいてみる。

すこしおちついた。

ただのフィギュアよりはいい。

ぼくは、ボーイ。

「どうなんだ。気にいったのかいらないのか、はっきりといえよ。気むずかし屋《や》のシャープが、かんがえてくれたんだぜ。こんなこと、めったにないからな」

「ありがとう、ピッツ。気にいったよ」

「礼《れい》をいうあいては、おれじゃない。シャープだ」

「そうだね。ありがとう、シャープ」

「てっへー。てれちまうぜ」

シャープはこわそうだったけど、なんかいいやつに思えてきた。

修人《しゅうと》の足音がきこえてくると、

「よし、みんな。まちがっても、だれかのふでばこに、まぎれこまないようにな」

ピッツが、キャプテンのように声をかけた。

修人は、朝、時間わりをあわせる。

教科書《きょうかしょ》とノート、そしてタブレットをランドセルにいれる。

つくえの上にちらばった、えんぴつや消《け》しゴムを、ふでばこにほうりこむ。用意《ようい》ができると、らんぼうにランドセルをもった。

修人はそのまま、へやをでようとして、ふりかえった。

「そうだ。こいつをつれていかなきゃ」

ぼくをにぎりしめると、ランドセルをおろし、ふでばこをだす。

やわらかいゆびが、せまいスペースに、ぼくをおしこんだ。

ふでばこの中でゆれていると、ピッツが話《はな》しかけてきた。

「ボーイ、さっきおしえた、ふでばこのくにのルールだが、もうひとつあるからな」

「もうひとつ？」

「ああ。運命《うんめい》はしずかに見まもる」

「どういうこと？」

「そのうちに、わかるときがくる」

「うん……」

そんなことよりもぼくは、自分の身《み》の上《うえ》におきたことを整理《せいり》してみた。

ぼくはきのう、修人《しゅうと》がつくったフィギュアなんだ。

修人がぼくの上になみだをこぼしたときから、ぼくにじゅうだいな変化《へんか》がおきた。

ぼくはただのフィギュアだけど、なぜかぼくは、自分が修人のような気がして、修人の記憶《きおく》がよみがえる。

でもぼくは、それ以外《いがい》の、もっとちがうナニモノかのような気もする。

それは、願望《がんぼう》なのかもしれないけど、けっきょくよくわからないのだ。

2　修人《しゅうと》はきらわれもの

ふでばこの中にいても、修人が自分の席《せき》に、ランドセルをほうりなげたのがわかった。

ふでばこの中でころがって、ぼくは思わず、レッドとだきあっていた。

「やめてよ、はなれて。まぶしいわ、あなたの目」

「しかたないよ。せまいんだし」

「ふたりとも、しずかにしろ」

ピッツにしかられた。

とつぜんざわめく声が、にぎやかにおしよせてきた。

教室には、ひとがたくさんいるみたいだ。

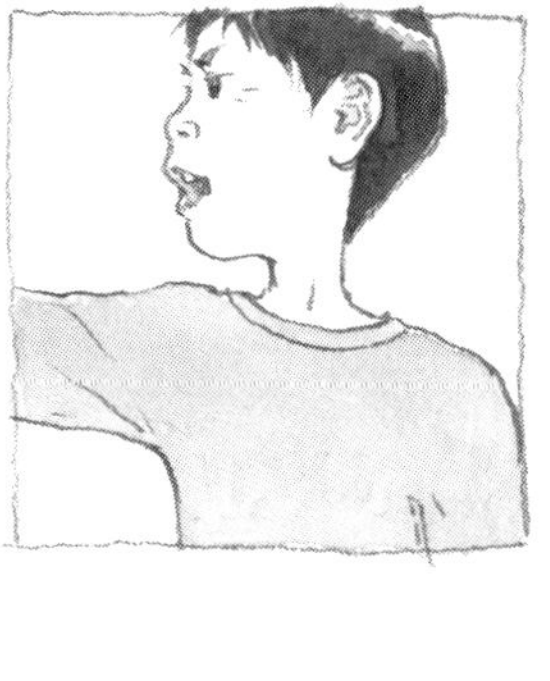

「明穂《あきほ》、おはよう」

修人《しゅうと》の声はちょっとかんだかい。

「おはよう」

こたえる明穂の声はやさしい。

「ねえ、明穂、いいもの見せてあげる」

ふたりはなかよしなんだ。

すぐにランドセルがあいて、ふでばこがうごいた。車が、きゅう発進《はっしん》したみたいで、からだがつんのめる。

ふたがあくと、とてもまぶしくて、目がくらんだ。

修人の手がのびてきて、ぼくのからだをつかむ。

思わずいたいっていいそうになったけど、いたくなかった。手のやわらかさは感《かん》じるけど、痛《いた》みとかくるしさとかは感じないみたい。

「ねえ、明穂、これ見て」

修人《しゅうと》は頭のくさりをつまむと、明穂《あきほ》の目のまえで、ぼくのからだをぶらぶらさせた。

明穂がぼくをのぞきこむ。

キラキラしたひとみがアップになる。

「これ、ぼくのフィギュア。パパと科学技術館《かがくぎじゅつかん》へいって、つくったんだ。いいでしょ」

――あ、どうも、こんにちは。

あまりに近くで、明穂がぼくを見つめるから、あいさつしてしまったけど、気づかない。

「へえ、いいな。修人にそっくり。ちょっとかして」

そういって、明穂の手が、すうっとのびたそのときだ。

「だめっ！」

「えっ、なんで？」

明穂がさけんだけど、ぼくも、心の中でおなじことを

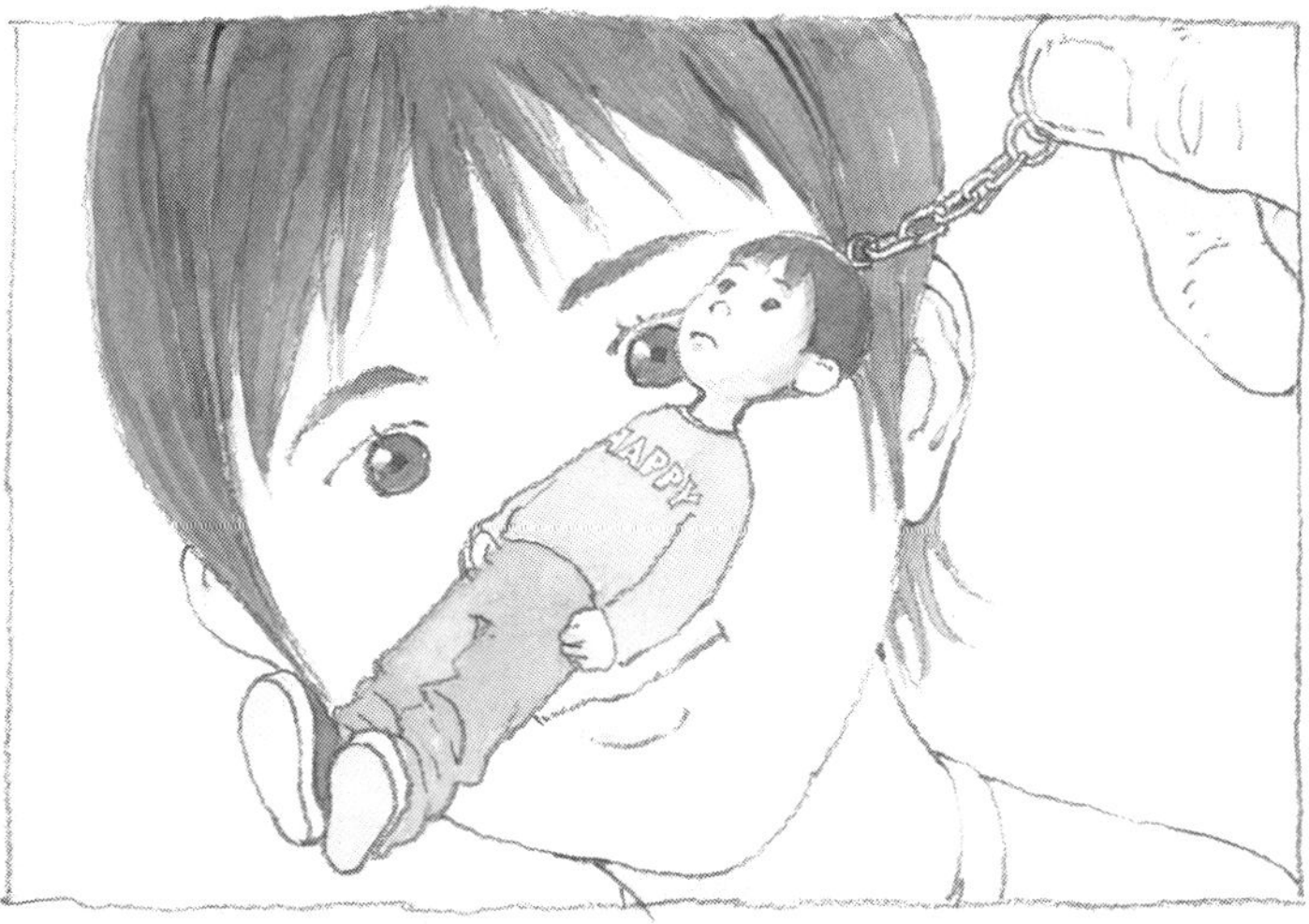

さけんでいた。

「すこしくらいさわっても、いいでしょ」

「ぜったいに、だめ。さわらせないよ」

修人《しゅうと》の顔《かお》が、とてもみにくくわらっていた。

ぞっとする。

——ぼくって、あんな顔でわらっていたんだ。

気分がしずむ。

ぼくの中の修人は、いじわるな子じゃなかったのに。

親切で、やさしくて。それがぼくの知っている修人だ。

明穂《あきほ》は、めんどくさそうに、「もういいよ」ってつぶやくと、ちがうともだちに近づいた。

すると修人は、なぜだかあとをおって、うしろから明穂の首にうでをまきつけた。

「おこったの、ねえ明穂?」

「はなせよ。もういや。おまえとは、あそばない」

明穂《あきほ》がにげようと、むりやりからだをねじってさけぶ。

「ああ、おまえっていった。それ、いっちゃいけないのに。先生にいってやろう」

修人《しゅうと》はかたをだくようにからみつく。

「はなせ！」

明穂がまたさけぶ。とたんに修人は、明穂からうでをはなした。そのせいで、明穂はいきおいよくつくえにぶつかってころんだ。

「いっ、でぇー」

明穂の目から、なみだがこぼれた。声をださずに歯《は》を食いしばるけど、目のふちが赤くなって、なみだがあふれてくる。

クラスの子たちが、しんぱいして、明穂のそばにあつまる。

ふん、と修人はせなかをむけ、自分の席《せき》にすわった。修人の顔《かお》を見あげると、顔ぜんぶのきんにくをつかって、泣《な》くのをがまんしているようだった。

「ちょっと、修人《しゅうと》くん、あやまりなさいよ」

「そうよ。つきとばすなんて、らんぼうよ」

「明穂《あきほ》くんが、かわいそう」

女の子たちの目は、敵意《てきい》にもえていた。

「おい、あやまれよ」

男の子までいいだした。

「つきとばしてなんかいないよ。明穂がはなせっていうから、はなしただけ」

「そんなの、理由《りゆう》にならない。ひどいことしたのは、おまえのほうなんだから。みとめろよ」

「みとめない」

「あやまれ、修人」

「そうだ、あやまれ、あやまれ」

教室がまるごと、修人の敵になったようだ。

ぼくは修人《しゅうと》をかばいたくて、なにかいってやりたかった。

あやまれ……あやまれ……あやまれ……あやまれ……あやまれ……あやまれ……あやまれ……あやまれ……あやまれ。

「うるさい！」

修人は、いたたまれなくなって、教室をとびだした。

だれも修人のことは、しんぱいしておいかけてこない。

ろうかのいちばんはしまで走ると、かいだんを一かいへかけおりた。

ろうかのすみっこから、まどのそとを見る。

まどはかぎがこわれていた。

まるで修人の心とおなじように。

ぼくはずっと、修人の手の中で、にぎりしめられたままだった。

「明穂《あきほ》がかわいそうだって、ばかじゃない。かわいそうなのは、ぼくのほうさ。あいつは塾《じゅく》へいけば、ぼくのママとあえるのに。なんでぼくはあえないの」

修人《しゅうと》がつぶやく。

そのとき、記憶《きおく》のふうせんがひとつわれて、ぼくは思いだした。

明穂《あきほ》がかよっている塾《じゅく》に、いなくなったママが、中学生くらいの女の子をつれてやってくる。それを明穂からきいたんだ。あたらしい家族《かぞく》だと思う。明穂はそういった。

パパはなにもおしえてくれなかった。

修人もパパの気もちをかんがえると、なにもきけなかったのだろう。

チャイムが鳴《な》っても、修人はうごかない。

しばらくすると、ペタペタとスリッパの音をたてて、先生がやってきた。

五十さいくらいの、男の先生だ。

「おい、教室へはいって、みんなにあやまれ」

めんどくさそうに、修人の名まえもよばない。

「むり」

修人は、そとを見てこたえると、そっと、ぼくをポケットの中にしまった。

「なにをもってきたんだ」

先生はぼくのことを知っているんだ。

「学校へは、よけいなものはもってくるなといってるだろ。あずかるから、だしなさい」

「いやだ」

修人《しゅうと》が拒否《きょひ》すると、先生は大きくため息《いき》をついて、「すきにしろ」と、教室へもどっていった。

ポケットのくらやみの中で、ぼくにはどうすることもできなくてくやしかった。修人をかばうことも、なぐさめることも。そしてぼくには、修人が自分で自分をきずつけてるようにしか思えなかった。

二時間目の体育《たいいく》のじゅぎょうには、修人もみんなといっしょに運動場《うんどうじょう》へでた。

教室にかぎがかけられると、じゃまものはいない。

それこそ、ここは、「ふでばこのくに」になる。

あちこちのつくえで、ふでばこのふたがあき、ぶんぼうぐたちがはいだすと、みんな、のびをしたり、たいそうをする。おいかけっこを、はじめるやつもいる。

「おーい、くれぐれもいっとくが、さいごはちゃんと、自分のふでばこにもどるんだぞ。ほかのだれかのふでばこにまぎれこんだら、けんかのげんいんになるんだから」

ピッツが大声でちゅうこくする。

修人《しゅうと》のつくえの上のぶんぼうぐたちは、すぐにぼくをとりかこんだ。

「で、ボーイ、ボスになにがあったんだ。おれたちにきかせてくれ」

ピッツがいう。

「修人と、明穂《あきほ》が、けんかしちゃったんだ」

「どうしてだよ？」

「わかるように話《はな》して」

ふでばこをせもたれにして、十五センチのじょうぎと、三角じょうぎが、足をくんですわっていた。

「きみたちは？」

「ぼくは、じょうぎの、チョクセンだよ」

「わたしは、三角じょうぎの、ギー」

「けんかになった理由《りゆう》は、明穂《あきほ》がぼくのことをさわらせてっていったのに、修人《しゅうと》がことわって、それでけんかになった」

「ねえ、きいた、チョクセン。ボーイって、そんなに人気《にんき》があるようには、見えないけど」

ギーが、あざけるようにいった。

「あるとは思わないけど、きみみたいに、いやな感《かん》じもしない」

「ふん」

ふでばこのくにも、みんななかよしってわけじゃないらしい。

なぜだかぼくは、ほっとした。

「そのあと、修人《しゅうと》が明穂《あきほ》をつかまえて、明穂がにげようともがいたとき、きゅうに修人が手をはなしたから、明穂がつくえにつっこんで泣《な》いたんだ」

「それで、修人がしかられたんだな」

「まあ、そう」

「うちのボスったら、あいかわらず、らんぼうね」

レッドが、あきれててんじょうを見た。

「どうしてボスは、そうやって、いじわるをしてしまうのかしら？　このまえなんて、ドッジボールのとき、自分で決《き》めたルールを自分でやぶってけんかした」

「ルール？」

どういうことだろう。

「ころんだあいてをねらってはいけないって決《き》めておいて、自分はぶつけてるんだから」

「はあ……」

「それでいいあいになって、さいごはとっくみあいの、おおげんか」

「こまったボスよ」

スーが、顔《かお》をしかめる。

おかしい。ぼくの中にそんな記憶《きおく》はのこっていない。

「修人《しゅうと》は、いじわるなんかじゃないよ」

ぼくは思わずさけんでいた。

それはたしかな思いとして、むねのおく底《そこ》から、わきあがってきた。

みんなはなにもいわなかった。ただすこしだけ、つめたい視線《しせん》で、ぼくを見ていた。

ぼくは修人のフィギュアだから、そう思うのだろうか。

「あいつは、だめなやつさ！」

むこうのつくえから声がとんできた。

「なにがいいたい。ブラック」

ピッツがにらみつける。

いちばんうしろのつくえの上で、まっ黒な消《け》しゴムが、こっちをゆびさしていた。

けんかでもしかけるみたいに。

あのつくえは、たしか明穂《あきほ》のつくえだ。

「うちのボスは心がやさしいから、あいてをしてやっているが、本心は、修人《しゅうと》のあいてなんかしたくないんだ」

「自分のボスの気もちを、勝手《かって》にでっちあげるな。それは、ふでばこのくにのルールに反《はん》する」

ムーが、しずかにいう。

「きみもひとがいいな。おれとおなじように、頭をちぎられたくせに。かがみを見て

みろよ。ふんづけられた、バースデーケーキよりも、みじめな気分をあじわえるぜ」

「あいにくいまはダイエット中で、ケーキにきょうみはない」

ムーはブラックのいやみを、さらりとかわす。

ブラックもムーとおなじように、頭の一部《いちぶ》が欠《か》けていた。

「ムーよ、あのときのくつじょくを、思いだせ。修人《しゅうと》のかたいつめで、頭をむしりとられたときの、あのつらさを」

ブラックがけしかけても、ムーは、へいぜんとしている。

「わかってるよ、ブラック。きみがとても、くやしい思いをしたのは。うちのボスがふざけて、きみの頭をむしりとった。そのかわりボスは、ぼくの頭もちぎったじゃないか。これが、かれなりのおわびの気もちだ。それでおあいこにしてもらわなきゃ」

ムーは、欠けたところがよく見えるように、頭をかたむけた。

「それは、自分勝手《かって》というもんだ。おれたちはなっとくしない」

「おれたち?」

「そうさ。おれと、ボスさ」

「しつこいぞ、ブラック」

ピッツが目をむいていう。

「ボスの感情《かんじょう》に、かかわりすぎるのはよくない。そのうちに、いたい目にあうぞ。いいか、決《き》めるのはおれたちじゃない。ボスだ。おれたちは、人間《にんげん》の、りょういきには、口だしすべきじゃない。共感《きょうかん》しあえる仲間《なかま》と生きていくんだ」

「じゃあピッツ。そこの、へんてこボーイはなんだ。人間か？　ぶんぼうぐか？　それともおもちゃか？　どれでもないだろう。なのになにを共感しあえるっていうんだ。必要《ひつよう》のないものは、ここにきちゃいけない」

するとスーが、ながい足をひろげ、ぼくをかばうように立った。

「共感しあえるから、いっしょにいるのよ。みんなボスのことでなやんでいる。それに、必要かどうかを決めるのは、ごみばこライオンだけ」

「ふん。勝手《かって》にしろ」

すてぜりふをはくと、ブラックはせなかをむけた。

「ねえ、ボーイ。あなたもなにか、いいかえせば。くやしくないの？　あんなやつ、見かけほど、こわくないんだから」

レッドの赤い目がぼくを見る。

くやしい……くやしいって、どんな気もちだっけ？　あったような気もする。

それに、ボスの感情《かんじょう》にかかわりすぎるのがよくないっていわれても、ぼくの中には修人《しゅうと》の感情が、たくさんのこっている。

いや、それどころか、ぼくは自分が修人のような気にすらなる。

これはどうなるんだろう。

でもひとつだけ、はっきりとわかることがある。

「スーもレッドもありがとう。ぼく、とってもうれしいよ」

ぼくのことを、ちゃんと仲間《なかま》とみとめてくれるひとがいる。

ふと見ると、ピッツがやさしい目でぼくたちを見ていた。

「つまんないことで、時間をつぶしちゃったな、ボーイ。さあ、あそぼうぜ」

ピッツが、気分をかえるようによびかけた。

帰りの会のとき、先生がクラスのおとしものばこを、つくえの上においた。

そのとき、ぼくのからだは、修人《しゅうと》の右手と左手を、いったりきたりしていた。

「はーい。きょうのおとしもの。えんぴつのキャップ。だれのだあ。これは女の子だな」

修人の手がとまる。

ぼくも手の上から、それを見た。花がらの、かわいいキャップだ。

女の子たちは、ふでばこをひっぱりだしてたしかめるけど、だれも名のりでない。

「わたしじゃないなぁ」って、そんなつぶやきばかりだ。

「だれもいないのか。どうなってんだ。自分のもちものには、名まえを書くこと」

先生はキャップをはこにもどすと、つぎにハンカチをとりだした。

3　夜の学校でであったのは

修人《しゅうと》がねむりにつくと、ふでばこのくにが、つくえの上にひろがる。

くらやみの中、光っているのは時計の針《はり》と、ぼくの目の光だけだ。

その光をたよりに、おしゃべりの花がさく。

「そういえば、終《お》わりの会のとき、キャップがどうとか、いってなかったかい？」

ピッツが、パンダのキャップをなでながらぼくにきいた。

頭の上でキャップのパンダが、うれしそうに目をほそめた。

「花がらのキャップが、おとしものばこにはいっていたけど、もち主《ぬし》があらわれなかったんだ」

「ボーイ、それはどういうことだ？」

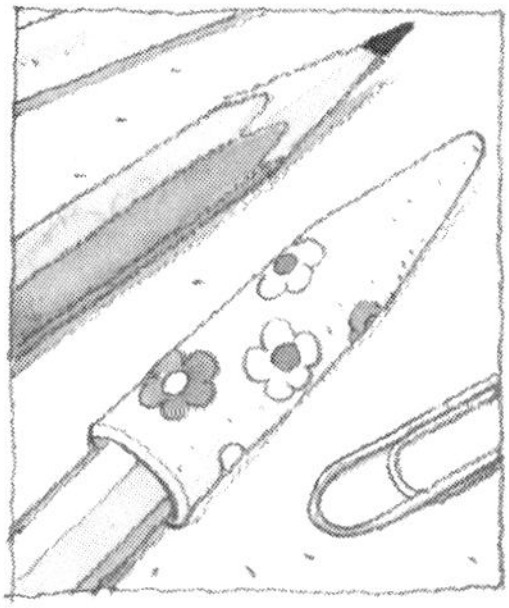

「さあ？」

「もう、いらなかったんじゃない」

スーは、コンパスからのびるながい足をひろげ、ストレッチだ。

「よくあることよ。あたらしいのがほしくて、学校で、なくしたことにするの」

「すてられて、かわいそうに」

レッドがいったとき、ぼくに心ぞうはないはずなのに、むねのおくがドクンと鳴《な》った。


ああ、そうだ。

思いだした。

ぼくは、すてられたんだ。

二年生の、雨が多い時期《じき》だった。ぼくは……いや、修人《しゅうと》は……ママに。

パパは、ママがすてたなんて、ざんこくな言葉《ことば》はつかわなかったけど、三年生になると、いろんな言葉《ことば》が耳にとびこんできて、ぼくはすてられたって、そう理解《りかい》した。

まわりに、パパしかいない子、ママしかいない子がいて、その理由《りゆう》も、いろいろあることを知った。

ママがでていった夜、

「ママは、もうパパといっしょにいるのが、むりなんだって。修人《しゅうと》はそんなことないよな」

パパはそういって、かなしそうにわらってみせた。


「そのキャップ、いまごろ、ごみばこライオンに食われちまってるかもな。あいつは、どこにだってあらわれる」

ピッツは、おもしろがってるようにすら見えた。

「ひとごとだと思って、のんきだな。どんな気もちになるか、すこしは想像《そうぞう》してみたらどうだ」

シャープがピッツをにらむ。

「なんのために」

「そんなこともわかんねえやつは、クソだ」

「ちょっと、シャープ。言葉《ことば》には気をつけて」

レッドが注意《ちゅうい》する。

「じゃあ、説明《せつめい》してやるよ。それは共感《きょうかん》しあうためだ。おれたちのくにには、武力《ぶりょく》もなければ、線でかこったような国境《こっきょう》もない。そのかわり、ふでばこのくにの住人《じゅうにん》なら、共感することはできるはずだ。それが生きるってことだろう」

「生きる？　わらわせるなよ」

こんどはピッツがシャープをにらんだ。

「いいかシャープ。たしかにおれたちは仲間《なかま》だ。しかし、おまえとおれとでは立場《たちば》がちがう。おれは、おまえのように、何年もふでばこのくにに、いすわりつづけるわけじゃない。そのうちちみじかくなって、ごみばこライオンの世話《せわ》になるんだ。くよくよしたって意味《いみ》がないよ」

「だとしてもだ！」

シャープは大きな声をだしたのが、はずかしかったのか、いちどしんこきゅうをして自分をおちつかせた。

「なあ、ピッツ、立場《たちば》なんてちっぽけなものはすてろよ。そうすれば、もっとちがうものを感《かん》じることができる」

もしかして、シャープは、ぼくとおなじことを感じていたのかもしれない。すてられて、かわいそうにと。そしてその気もちを、みんなでわかりあおうと。

もちろんピッツにも、わかってほしいに決《き》まってる。

仲間《なかま》なら、話《はな》せばきっとわかってくれるはず。

「なんとかして、たすけられないかな？」

気がつくとぼくは、みんなに話しかけていた。

へやの中が、しーんとなる。いたいくらいの視線《しせん》がぼくにあつまる。

レッドがしかめっつらをしていう。

「どういうこと？　まさか、わたしたちが、その、花がらキャップをたすけに？」

「そう。賛成《さんせい》してくれると、うれしいんだけど」

みんなが、顔《かお》を見あわせた。

「夜の町は、きらいじゃないけど。いまからいく？」

スーの声はネオンサインのように明るかった。賛成してもらえそうだ。

「たのしそうだな。おれものったよ」

「ありがとう、ピッツ」

「おれも、ふでばこのくにの住人《じゅうにん》だからな」

ピッツはいうと、ちらりシャープを見た。

さっきのシャープの言葉《ことば》が、すこしはピッツにひびいたのかも。

「ねえ、ボーイ。なんのために、きけんをおかすの？」

レッドは、まだ抵抗感《ていこうかん》をぬぐいきれない。

「それは……」

言葉《ことば》につまる。たすけてくれたのは、ムーだ。

「だれかをたすけることに、理由《りゆう》はいらないだろう、レッド。もしもきみがだ、きけんな目にあっていたら、ぼくはひとりでもたすけにいく」

「まあ、それは、ありがとう」

レッドのほほが、赤くそまった。

「でも、どうやって、学校へいくの？　まさか、夜のピクニック？　朝までにつけばいいけど」

たしかに、レッドのいうとおりだ。

「だいじょうぶ。あいつをつかおう」

ピッツの視線《しせん》のさきには、ふるびたおもちゃのキャンピングカーがあった。

「あれって、うごくの？」

「もちろん。いまは、おれたちの時間だからな」

ピッツの声がはしゃいでいる。
「おれが運転《うんてん》する。ボーイのほかには、だれがいくんだ?」
ピッツがよびかけると、ムーとシャープ、そして、スーとレッドが手をあげた。
「そうと決《き》まったら、早くのってくれ」
ピッツとぼくは力をあわせ、へやのまどをぜんかいにした。
ピッツは運転席《うんてんせき》、ぼくは助手席《じょしゅせき》にとびのった。
ブレーキをふんでボタンをおすと、エンジンがかかった。
車のヘッドライトがつく。
ピッツはアクセルに足をふみかえる。
ぐおんと、いきなりスピードがでる。
からだがシートにおしつけられた。
車は加速《かそく》して、いつも修人《しゅうと》があそびでつかっている、ジャンプ台にむかった。

まさか、このまま……。ここは一かいとはいえ、むちゃだ。

「ねえ、ピッツ。きけんだよ！」

「だいじょうぶ。おれはむかし、レーサー……」

「えっ、レーサーだったの？」

「……に、なりたかったんだ」

「なりたかったって……。それに、自動車《じどうしゃ》レースに、ジャンプ競技《きょうぎ》とかないし」

「ごちゃごちゃいうな。しっかりつかまってろ。これも生きるってことだ」

ピッツは、スタントマンのように、ニヤリと口のはしでわらった。

車は、ジャンプ台をかけあがると、あいたまどにむかってジャンプした。

「わおー」と、うしろの席《せき》からも声がきこえた。

まどわくをギリギリとびこえ、車は道路《どうろ》の上にバウンドすると、奇跡的《きせきてき》に、タイヤを下にして立った。

そして、なんとか走りだすと、

「おお！　さすがピッツ！」

うしろから、はくしゅとせいえんがおこる。

ぼくはからだをひねってカーテンをあけ、うしろのボックス席《せき》を見た。スーたちはテーブルをかこんで、お祭《まつ》りさわぎだ。

車はときどきバウンドしながら、夜の道をしっ走した。

ピッツはちゃんと、信号《しんごう》をまもって、横断歩道《おうだんほどう》の手まえでとまった。

左手には、コンビニエンスストアや、ドラッグストアの光があふれていた。

横断歩道をわたろうと、赤ちゃんをだいたお母さんと、中学生くらいの女の子が立っていた。

お母さんの顔を見て、ぼくの心ぞうがこおりついた。

ママだ。

ぼくの、そして修人《しゅうと》の。そしていまはだれかの。

心がさわぐ。

修人《しゅうと》の記憶《きおく》がぼくの中で、うっすらとよみがえる。

この横断歩道《おうだんほどう》、どこかで見たことがある。

そうだ。パパが仕事《しごと》でかえってこなかった夜、明穂《あきほ》からママの情報《じょうほう》をきいた修人は、こっそり学習塾《がくしゅうじゅく》へいってみたんだ。

もちろん、ママとあえないかと思って。

ビッグバード学習塾の建物《たてもの》の、かげにかくれて見ていたら、ママがあらわれた。

どこかの中学のジャージをきた女の子が、塾からでてきて、ママといっしょに歩きはじめた。ママのあたらしい家《いえ》の子どもなんだろう。

修人は声もかけられず、そっとあとをつけた。

そしてこの横断歩道で、やっとママに声をかけたんだ。

ママはいっしゅん笑顔《えがお》になったけど、すぐにこまった顔になった。

「家にかえりなさい。こんなところを見つかったら、またパパがきずついて、ふさぎこむわよ」

「ぼくはママの子どもだよ。どうしていけないの？　ママはいつになったらかえってくるの？」

「もうママは、かえれないのよ」

女の子がこちらを気にして見る。

信号《しんごう》が青になって、ママたちが横断歩道《おうだんほどう》をわたる。あのとき、ぼくは……修人《しゅうと》は、どうしたんだっけ。

そのあとのことは思いだせなかった。

助手席《じょしゅせき》から見ていると、ママたちは、横断歩道をわたっていった。

ぼくは車の中から、うしろすがたを見おくるしかなかった。

「どうした、ボーイ？　車によったのか？」

なにか感《かん》じたのだろう。ピッツがよびかけてきた。

「いや、だいじょうぶ。なんでもないよ」

ちっともだいじょうぶじゃなかったけど、そうこたえるしかない。

車はふたたび走りだした。しばらく走ると、学校が見えた。

まるで巨大《きょだい》なお墓《はか》のように、くらやみの中にねむっている。あしたから休みだから、よけいにそう思うのかもしれない。

車からおりると、みんなしずかに歩いた。

このからだの中に、なにかしかけがあるのだろう。ぼくの目がはなつ光は、くらくなるにしたがって、さらにまわりを明るくてらす。

「どこからはいるの?」

スーがピッツにささやく。

「おれはドライバーだから」

「だからなに?」

「そんなことは知らん」

ピッツはあっさりという。

「ぼく知ってるよ」

ろうかのつきあたりから、修人《しゅうと》がそとをながめていた。まどは、かぎがこわれていた。

そこは花だんがある場所《ばしょ》で、まどぎわに、ゴーヤをうえるためのネットが、はりめぐらしてあった。

よじのぼって、まどをあけ校舎《こうしゃ》にはいった。

しずまりかえったろうかを歩く。

かいだんがある。

「おいおい、これをのぼるのかよ」

ムーが、あきれながらも、のぼろうとする。

「だいじょうぶ。わたしがひっぱってあげるから」

レッドがかいだんの上からウインクして、ムーが顔《かお》を赤くした。

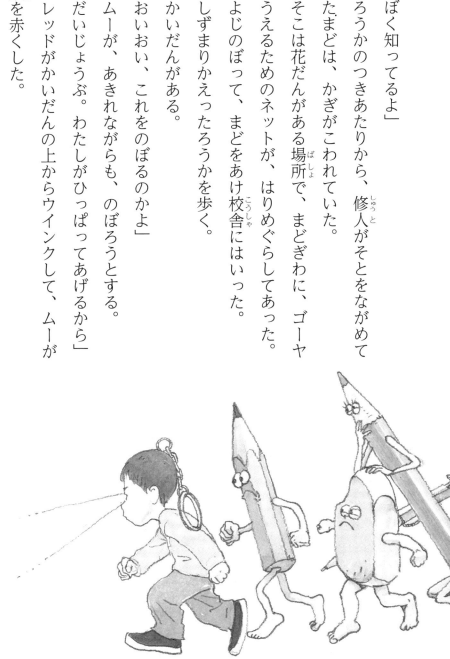

「なるほどムー。それも生きるってことだな」

ピッツがわらいながらからかう。

「きみにわかってもらえて、うれしいよ。だれもが、かなしみからもよろこびからも、にげちゃいけないんだ。くそぅ」

ムーがしんけんな顔《かお》をして、レッドの手をとった。

「さすが博士《はかせ》は、こんなときにまで、むずかしいことをいうんだ」

「生きることは、いつだってなにかの意味《いみ》と、せなかあわせなんだ……くそぅ、もっとひっぱってくれ、レッド……それを知らないことこそ、不幸《ふこう》なのさ」

いっしょうけんめいによじのぼる消《け》しゴムのからだが、ゼイゼイゆれた。

シャープもスーの手をかりて、ひっぱりあげてもらっていた。

「あの教室だ」

かぎはあいていた。ぼくの目からでる光が、すこしずつ教室の中をてらす。

「こわいわね。まさか、ごみばこライオンがおそってきたりしないでしょうね」

ごみばこライオンを、いちばんきらってるレッドがそんなことをいうから、みんな足がすくんでしまった。ぼくもおなじ。

「ねえ、ピッツ。もしもそいつがおそってきたら、ぼくたちはどうやってにげるの？」

「にげる？　なんのために。あいつがおそってくるってことは、もうそいつは、用はないってことだ。まあ、だいじょうぶ。おれたちはまだ、ボスから必要《ひつよう》とされている」

ピッツはじまんげにいうけど、なんだか、モヤモヤする。

「それって、さみしくない？　自分のかちを、だれかに決《き》められちゃうって」

するとムーが、なだめるようにいった。

「ボーイ、みんなが自分の言い分を主張《しゅちょう》しあえたら、そりゃたのしいだろう。しかし、ここはふでばこのくにだ。それはゆるされない。おれはただの消《け》しゴムだし、それ以《い》上《じょう》のものはもとめない」

ぼくがだまっていると、

「つまり、役目《やくめ》を終《お》えたら、それで終わりってことよ」

スーが言葉《ことば》をそえる。

「じゃあ、どうしてみんな、だれのものかもわからないキャップをたすけるために、手つだってくれるの？」

「それはね、ボーイ、あなたがもしかしたら、あたらしい可能性《かのうせい》を、わたしたちにおしえてくれるかもしれないって、そう思ったからよ。山をこえないと、山のむこうは見えないでしょ。はずかしくってみんな、口にはださないんだろうけど、山のむこうが、見たくなったのよ」

スーが、まるで女ともだちにでも話《はな》しかけるように、明るくいう。

「生きることに、あたらしい意味《いみ》がまたひとつくわわる。そう。生きるたのしさがひろがるってところかな。ちがうかな、ピッツ」

ムーが話しかける。

「どうだろうね。おれにはむずかしくてわからん。でもこうしてみんなで、なにかをしようとするのは、わるくない気分だ」

「ねえ、ムー博士《はかせ》。生きることの意味《いみ》って、ひとつじゃないの？　たとえばわたしだったら、赤い文字を書く」

レッドがたずねる。

「それはひとつの表現《ひょうげん》だ。げんにぼくたちは、こうしてかいだんをよじのぼって、キャップをたすけにきた。ふでばこのくにで、こんなことをしている連中《れんちゅう》はほかにはいない」

「おれたちは愛《あい》すべきおひとよしだ。さあ、おしゃべりはやめて、早くいこうぜ」

ピッツはニヤリわらうと、ぼくのかたをたたいた。

たしか、おとしものばこは、先生のつくえの下にあったはずだ。

ゆっくりと教室を歩く。

どこかでなにかが、うごいたような気がする。

気のせいかな。

「おーい、キャップちゃん。たすけにきたよー」

シャープがよびかけるけど、へんじはない。

「おそかったのかも……」

スーの不安《ふあん》そうな声。

ぼくの目からでる光が、サーチライトみたいに、教室の中をさまよって、先生のつくえをとらえた。

「あのはこだよ」

いち早くかけだすと、ピッツは、はこのかべをよじのぼり、中をのぞきこんだ。

「いたか?」

シャープが、まちきれずにいう。

「いや、いない」

ピッツがざんねんそうに首をよこにふる。

「ほんとうに、あのはこなのかい？　ボーイ」

ムーがたずねてきた。

「うん。あのはこだよ。まちがいない」

「ほかに、にたようなはこがあるかも」

レッドが、「もっとべつの場所《ばしょ》をてらして」という。

しかし、どこをてらしても、おなじようなはこはなかった。

「ざんねんだけど、おそかったみたいね。ごみばこライオンに、食べられちゃったのよ、きっと」

レッドの声は、なみだのにおいがした。

そのときだ。

「それはないと思う」

まっくらな教室のすみから、声がきこえた。ぼくも知っている声だ。

「ブラック。どうしてきみが、ここにいるんだ？」

ムーが、声のしたほうに顔《かお》をむけた。

ぼくがそこを見ると、頭の欠《か》けたブラックのすがたがうかびあがった。

「ここは教室だ。おれがいても、おかしくはないだろう」

「じゃあ、質問《しつもん》をかえるよ。きみはここで、なにをしていたんだ？」

「なにもしていない。うちのボスが、おれをふでばこからおとしたまま、わすれてかえったんだ。よくあることとさ。それからずっとここにいた。みんながいなくなって、すぐに、花がらのキャップのようすを見にいったが、そのときには、もういなかった」

「いなかったって？」

「そうだよ。だからキャップは、ごみばこライオンに食われたってわけじゃない」

「おいおい、花がらのキャップちゃんは、消《き》えてしまったってわけかい。マジックだな」

ピッツが、ばからしいと、まゆをよせる。

「なるほど、そういうことか」

なぜだかムーは、なっとくしている。

「ここにいないとわかったら、もうかえりましょ。これ以上《いじょう》はどうにもならない。そのキャップのボスからすれば、どこにでもあるようなものかもしれないし」

レッドが、早くかえりたがる。

「どこにでもあるとか、そんな言い方をするなよ」

ブラックがひくい声でおこる。

そしてピッツがいう。

「いまのは、レッドがわるいと思う。他人《たにん》からは、どんなにつまらなく見えても、それぞれのボスにとったら、みんな大切な……えっと、あれだからな」

「あれって、なに?」

レッドがたずねる。

「つまり、だからこういうときは、どういうんだ、ボーイ?」

「……大切な、そんざいってことかな」

「そう。おれたちは、大切なそんざいなんだよ。すくなくともおれは、そうしんじている」

ピッツがぼくにむけて、親ゆびを立てた。ぼくはそのとき、キャップじゃなく、修《しゅう》人《と》やママのことを思った。

ママにとって修人は、どれくらい大切なそんざいだったのだろう。

「問題《もんだい》は、どうして花がらのキャップは、消《き》えたのか、だ。どこへ、どうして？」

シャープが、みけんにしわをよせた。

「とにかく、もどろうぜ。このままじゃ、キリがない」

ピッツが、気もちをきりかえるように、明るくよびかけた。

「ブラック、あなたはどうするの？　わたしたちと、いっしょにくる？」

スーが、気をつかっていう。

「ありがとう。しかし、えんりょしとくよ。休み明け、きみたちのふでばこから、おれがとびだしたりしたら、またひとそうどうおきそうだ。ひとりでも、朝はまてる」

「いまのせりふ、とってもステキ。ときどき気にさわることもいうけど、そういうところはすきよ」

スーが、むねのまえで手をくむ。

「ふん。昼間はみんなして、さんざんけなしたくせに」

いいながら、ブラックの口もとはゆるんでいた。

「ねえ、わたしもいっしょにいていい？」

「じゃまだ」

あっさりとブラックにことわられ、スーはほっぺたをふくらませた。

「こんどあんたが昼寝《ひるね》しているとき、この針《はり》で、おしりを、つついてあげるから」

「ははは。ケツぐらい、いつでもつつかせてやるぜ」

ブラックが、すこしだけ、いいやつのように思えてきた。

車にのったとたん、ムーが、うしろのボックス席《せき》から声をかけてきた。

「ブラックのやつ、なにかかくしてるな」

「どういうことだ？」

帰りの運転《うんてん》もピッツだ。

「だれも、なんにもいってないのに、キャップのことを、花がらのキャップって、いってた。帰りの会のときだって、先生は、花がらとはいっていない。いちばんうしろの席《せき》で、ゆかにおちたなら、そこから先生の手もとを見るのはむずかしい。なのにブラックは知っていた。どうして？」

さすがムーだ。ぼくだってそんなこと、気にしてなかった。

「理由《りゆう》はなに？」

スーがたずねる。

「そこまでは、わからない」

「すると、ブラックは、おとしものが、花がらのキャップちゃんって、わかっていて、わざとふでばこからころがりおちたのか」

いってから、ピッツはたのしそうに、ピューッと、口ぶえをふいた。

「それって、もしかして……恋《こい》！　ふられちゃったわね、スー」

レッドがちゃかす。

「わたしのほうが、ずっと個性的《こせいてき》で、魅力的《みりょくてき》だと思うけど」

「スー、きみは、個性がありすぎるんだよ」

「ピッツ、おしり、さすわよ！」


夜のドライブを終《お》えて、へやにもどると、さすがにみんなつかれて、すぐねむりについた。

みんなぶんぼうぐだから、寝息《ねいき》もたてない。ほんと、しんだようにねむっている。

たぶんぼくも、おなじなんだ。そう思ったらとてもかなしくなった。

まだ自分がフィギュアだってことを、心のどこかでなっとくしきれていない。それはもっとちがう、ナニモノかになりたいってことだろうか。

ぼくは「ねえ、修人《しゅうと》」と、名まえをよばずにいられなかった。

「ママがいたんだよ。横断歩道《おうだんほどう》をわたっていた。ほら、あのとき、きみが話《はな》しかけた場所《ばしょ》で。きょうは赤ちゃんをだいていた。あのときの女の子も、もちろんいた。ひとつだけ、はっきりしたよ、修人。もう、むかしのようにはならないんだ。どれだけ泣《な》いても過去《かこ》へはもどれない」

ぼくはつくえの上で、そっとからだをおこした。

光を顔《かお》にあてないよう、修人の寝顔《ねがお》を見た。修人はくるしそうに、歯《は》をギシギシとかみあわせていた。見ているのは、いいゆめでないのはたしかだ。

修人はいまでも、ママがかえってくると、しんじているのかな。

あまりにもかなしすぎるから、これ以上《いじょう》かんがえるのはよそう。

そのかわり、ブラックのことを思いだしてみた。

ブラックは、どうして花がらのキャップのことを、しんぱいしたのだろうか。

ピッツによれば、ふでばこのくにには、ふでばこのくにのルールがあって、それをやぶると、ごみばこライオンにねらわれてしまう。

ブラックが、もし、自分の意思《いし》で、そして自分の力で勝手《かって》にボスからはなれたとすれば、明白《めいはく》なルールいはんだ。

ごみばこライオンにねらわれても、もんくはいえない。

ブラックがそこまでして、花がらのキャップをたすけようとしたのは、どうしてなんだろう。

ああ、どれだけかんがえてもわからない。

そしてもうひとつ、わからないことがある。

ブラックにもいわれたけど、ぼくは、ナニモノなんだ？

ぼくはただのフィギュアのはずなのに、ベッドでねむっている修人《しゅうと》と一体だった気さえする。

それをかんがえると、なんだかイライラしたり、モヤモヤしたりして、いつまでもねむれそうになかった。

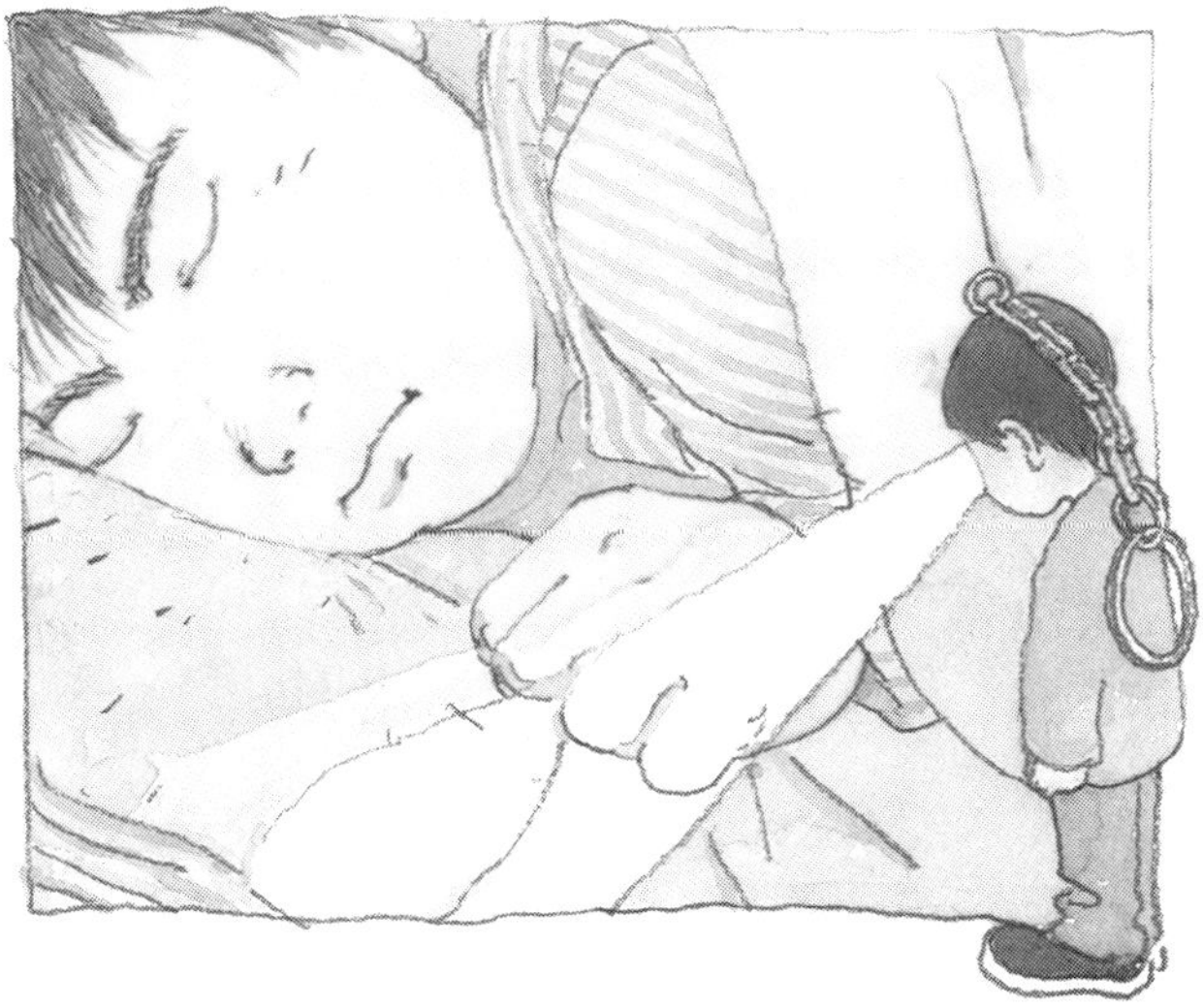

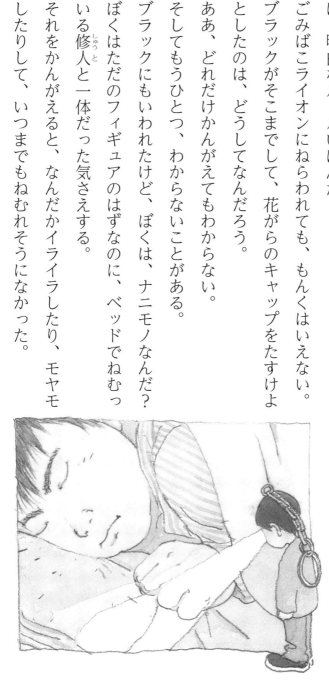

4　ブングガングさん

日曜日《にちようび》の朝ほど、自由《じゆう》を感《かん》じる朝はねぇなと、ピッツはいう。

学校はないし、おまけに修人《しゅうと》は、パパとおでかけ。

ふでばこのくにには、解放感《かいほうかん》にあふれている。

ぼくもまどぎわで、ボーッとしていると、ピッツが声をかけてきた。

「ボーイ。ちょっとでかけてみないか。きょうはボスから、およびもかからないだろうから」

「でかけるって、どこへ？」

「ブングガングさんのところだよ」

「だれそれ？　へんな名まえ」

「失礼《しつれい》だぞ」

ピッツがめずらしく、あせった顔《かお》になる。

「ブングガングさんて、えらいひとなの？」

「えらいというわけじゃないが、尊敬《そんけい》している」

「尊敬？」

「そうさ。うやまい、とうとぶ。つまり、たよりになるひとだ。ボーイには、いないのか？　そういうひと」

かんがえてみたけど、思いつかない。たぶん、修人《しゅうと》もおなじだろう。

パパはやさしいけど、尊敬は、たぶんしていない。

ママがいう言葉《ことば》に、いちいちきずついて、ふさぎこんでいた。

でも、きずついていたのは、パパだけじゃなかったんだ。

ママもきずついていたと思う。

たとえば、たのまれてた買いものをパパがわすれたときもそうだ。

「だめねえ」

ママのこのひとことが、ハンマーでなぐられたみたいに、パパにはひびくみたい。

それからしばらくは口をきかない。

「こんどは、何週間《なんしゅうかん》がまんしなきゃいけないのかな。なさけないね」

ママはまゆを八《はち》の字《じ》にしていった。

まどのかぎをしめわすれたり、車のかぎをなくしたり。そのたびにパパはおちこみ、そんなパパを見て、「はあ」とため息《いき》をついていた。ママが泣《な》くこともあった。

そしてパパがクローゼットにとじこもったことが、パパとママの関係《かんけい》を、修復《しゅうふく》できないものにしてしまった。

パパはクローゼットの中でくらしはじめた。

もう、だれの顔《かお》も見たくないみたいに。

食事《しょくじ》は車にはこんで食べる。

おふろはぼくたちがねむったあとにはいっていた。

二か月がすぎたころ、

「あなたを理解《りかい》できない」

ママはそういって家《いえ》をでていってしまった。

パパはママをくるしめていたことを知っていたのだろうか。それとも、自分のことで、せいいっぱいだったのだろうか。

ぼくには……いや、修人《しゅうと》には、わからなかった。

ママがいなくなると、パパは、ようやくクローゼットから解放《かいほう》された。

ぼくがあと知っているおとなは、学校の先生くらいだ。しかしまちがいなく、修人のことをきらっている。

尊敬《そんけい》しているひとを、こたえられないでいると、ピッツがいう。

「だれにだって、そういうひとが、必要《ひつよう》なんだ。いってみれば、野菜《やさい》や花をそだてる、太陽《たいよう》の光のようなものだからな」

「そんなこと、はじめてきいた。ぼくもそういうひとに、あえるかな」

「だいじょうぶよ。きっとどこかであえるから」

スーが、ママのようなやさしい声をだす。

「そうしんじる。それで、そのブングガングさんのところは遠いの？」

「すぐそこよ。歩いていける」

スーも、ブングガングさんを、尊敬《そんけい》しているようだ。はずむようにしゃべってる。

「それにな、ボーイ。ブングガングさんなら、きみのぎもんにこたえてくれるだろうよ。人間《にんげん》だけど、ゆいいつぼくらのことを知っている、とくべつなひとなんだ」

「そっか。そうだとしたら、うれしいよ。ピッツ」

だれかにちゃんと、自分のことを話《はな》してみたくなった。

一かいのキッチンのすみに、まえに飼《か》っていたねこが、家《いえ》の中とそとをでいりできるちいさなまどがあった。

ねこは修人《しゅうと》のママがいなくなってからすぐ、もどってこなくなった。そのまどは、まるで修人のむねにあいたあなのように、ぽっかりとのこった。

ぼくとピッツとスーの三人は、そこからそとへでた。

小学校へいく道ぞいに、その建物《たてもの》はあった。

青い屋根《やね》が目立っていた。

かんばんが見えて、なにかのお店のようだ。ぼくはピッツにきいた。

「あれは、なんて書いてあるの？」

「あおきぶんぐがんぐてん」

白地に黒い文字で「青木文具玩具店《あおきぶんぐがんぐてん》」と、むずかしい漢字《かんじ》がならぶ。

「『文具』ってのが、おれたちのことさ。そして、『玩具』ってのが、おもちゃのこと。

ボーイは、うーん、どっちかな？」

「どっちでもない気がする」

「そうだな」

店の中は、いろんなものが、雑多《ざった》につんであった。

ほこりをかぶったピアノ。電池《でんち》をいれ、手をたたくとさんぽする犬。ひとの声にとつぜんおどりだすサボテン。

きょうりゅうのおもちゃもある。

店のおくへすすむと、ぶんぼうぐのたながあった。

消《け》しゴムやノート、花がらのキャップもあった。

「ねえ、ピッツ。ぼくは、なんてきけばいいんだろう?」

「たくさんあるんだろ。ききたいこと」

「たくさんっていうか、ぼくのことを、ちゃんと理解《りかい》してもらえるのかなと思って」

「あなたって、いつもまよってるのね。ほら、わたしを見て。一点に針《はり》をさしたら、あとは、くるっとまわればいいのよ。まあ、あなたらしいけどね」

スーは、一回転《かいてん》して、ほほをゆるめる。

「ゆっくり話《はな》せばいいのよ。あのひと、どうせひまをもてあましているから」

「だれがひまをもてあましているんだ」

「あら、ブングガングさん。きょうもすてきですね。あはは」

とつぜんしわがれた声がとんできて、スーが、気まずそうにわらった。

カウンターに、本がつんであって、目かくしになっていたんだ。そのかげにいたんだ。目のくぼんだ、やきすぎたウナギみたいに、色の黒いおじいさんだ。白いかみはボサボサ。

「それにだ。ここがひまだから、あんたたち、どうどうとあそびにこられるんだろ」

「それは失礼《しつれい》しました」

「ふふん」

しわだらけのわらった顔《かお》は、とてもしたしみやすかった。

ぼくたちは、カウンターによじのぼった。

「その本の上にでも、こしかけたまえ」

〈おならもらっきょうもせっきょうもぜんぶくさい〉

へんな題名《だいめい》の本に、ぼくたちはすわった。

「それで、きょうは、なんのご用かね？」

ブングガングさんは、コーヒーカップを手にとり、ぼくをジロリと見た。

「そうそう、あたらしいともだちを、しょうかいしたくて、つれてきたのさ」

ピッツがぼくに、目くばせした。

「あの、はじめまして。ぼくは、ボーイっていいます。あっ、でも、ほんとうは……

いや、いいです」

いいかけてやめた。いきなり身《み》の上話《うえばなし》をしても、わかってもらえないだろう。

ブングガングさんは、じーっとぼくを見つめた。

「ところでボーイ、きみはナニモノなんだ？　ブング？」

「……じゃない」

「ガング？」

「……でもないと思います」

こたえたあと、ぼくは頭の上にくっついた、みじかいくさりを、ゆびでもてあそんだ。

「身《み》につけてもらっていないところを見ると、アクセサリーとも、いいがたいな」

「だから、自分が、ナニモノなのかわからないから、ここへきたんです。ブングガングさんにきけば、なにかわかるんじゃないかなって」

「まず、なにがあったのか、話《はな》してくれるかな」

「あのぅ、ぼくは、気がついたとき、自分は修人《しゅうと》だって、そう思ったんです」

「修人？」

「おれたちの、ボスさ」

ピッツがいいたす。

「ところがぼくは、修人ににせてつくられた、フィギュアだってわかりました。でもやっぱりへんなんです。ぼくの中では、ぼくは修人のような気がするし、修人の記憶《きおく》がときどきおしよせてくる」

「それはふしぎだ」

「そうです。それに、ぼくが知ってる修人《しゅうと》は、やさしくて、親切なはずなのに、ピッツやほかのみんなは、修人のこと、らんぼうでいじわるだっていう」

「おれたちはなにも、ボーイをいじめるつもりでいってるんじゃないから」

ピッツが話《はなし》にわってはいる。

「わかってるよ、ピッツ。でもどうして、そんなふうになっちゃったのか、おしえてほしいと思って。そしてどうあるのが、ぼくのただしいすがたなのか。ブングガングさんなら、きっと」

ブングガングさんは、ほうっと息《いき》をつくと、たなのずっと上のほうに目をむけた。視線《しせん》のさきにある、ふるい服《ふく》をきた女の子の人形《にんぎょう》を見ると、へこんだ目が、さらにへこんだ気がした。

「どうか、教えを!」

ピッツが、しばいがかった声でせまる。

ブングガングさんは、しばらく目をつむった。そしてひらいた目は、とてもやさしく、うるんでいた。

「ボーイ、きみも、そうなのか」

「きみもって、どういうことですか？」

「こんな話《はなし》がある。母親から、ひどくいじめられていた女の子がいたんだ。その子がわらうと、母親は、なぜだかひどくきげんがわるくなった。そして女の子をひっぱたく。女の子が泣《な》くと、母親はきげんがよくなった。

そんなある日、女の子は、ぱたりとわらうことをやめてしまった。そう、自分をまもるために。そのかわり、ふしぎなことに、その子がかわいがっていた人形《にんぎょう》が、とつぜんわらうようになったのだ。

母親に知られたら、きっと人形はばらばらにされるか、やきすてられてしまう。そうかんがえた少女は、人形をあずけることにした」

「どこにあずけたの？」

と、そのときだ。

「きゃきゃきゃきゃきゃきゃきゃ」

たなの上で、わらい声がおきた。

「……ああ、そうだよ。おまえのことを話《はな》している。しんじていれば、そのうちおまえのもち主《ぬし》にあえるかもな」

ブングガングさんが、人形《にんぎょう》に話しかけた。

そしてぼくにむきなおる。

「そう、その子は人形をこの店にあずけた。親切にしてくれそうなひとがいたら、売ってもいいといって。まだ買い手はないのだが。まあ、あの人形の身《み》の上話《うえばなし》はともかく、きみももしかして、おなじなんじゃないかと思ったんだ」

「おなじって？」

「つまり、だれかがおさえこんでしまった気もちが、きみにのりうつったんじゃないかと」

「じゃあ、うちのボスが、ひとに親切にできないのは、そうしたやさしい気もちが、ボーイにいっちゃったからってことかい？　なんだかみょうな話《はなし》だ」

ピッツが、顔《かお》をゆがめる。

「いや、へんじゃないかもね」

スーがうでぐみしていう。

「ピッツは知らないだろうけど、たしかボスが三年生のときだった。一年生といっしょに運動会《うんどうかい》の練習《れんしゅう》をしたとき、女の子が、おもらしをしてしまったの。そのときボスは、その子をなぐさめて、あとかたづけまで手つだったわ。ママにほめてもらいたかったけど、それもかなわなかったみたい」

そうだった。ぼくの中で修人《しゅうと》の記憶《きおく》が、はっきりよみがえってきた。

修人は、ひとに親切にできたことが、うれしかったんだ。ママが家《いえ》をでていくとき、さいごにこういった。

「ひとには、親切にするのよ。修人《しゅうと》」

ぼくは……いや、修人はその夜、パパに報告《ほうこく》した。そしてほこらしげにこういったんだ。

「このことを、ママにもおしえてあげて！」

ところがパパは、いやそうな顔《かお》をした。

「どうしてママに？」

「だってぼく、親切にしたんだよ。ママにほめてもらいたい」

「そうか。まあ、そのうちにな」

パパは、目をそらしてこたえた。

パパがそれから、ママと連絡《れんらく》をとりあったかどうかはわからないけど、ママからは、なんのたよりもなかった。

たぶんママにはつたえてない。

そのころから、修人《しゅうと》はときどきベッドの中で、ひっそり泣《な》くようになった。

どうせママにほめてもらえないのなら、なにをしてもおなじだ。

「なるほど。じゃあ、そのときからボスは、親切な気もちを、どこかへおいやろうとしていたんじゃないかな。女の子が、わらうことを、どこかにおいやろうとしたのとおなじで」

「さすがピッツ。理解《りかい》が早いな」

ブングガングさんがうなずく。

そうか……。

そして修人のいき場《ば》のない想《おも》いは、修人のなみだがぼくをぬらしたとき、いっきにぼくの中にながれこんだんだ。

これで、ぼくがナニモノなのか、はっきりした。

ところが、安心《あんしん》していいはずなのに、ぼくは不安《ふあん》になった。

じゃあ、どうなるのが、ぼくのほんとうのすがたなんだろう。

ぼくが知りたいのはそこだ。

それに、修人《しゅうと》の中に、このやさしい気もちをもどさなきゃ。

「ブングガングさん。ぼくは、どうすればいいんですか？」

「どうすればいいか……どうすれば……」

ブングガングさんは、あめだまのように、ぼくの言葉《ことば》を、口の中でころがす。

そして、しばらくだまりこんだあと、こういった。

「まあ、かんたんといえばかんたんだがな。もういちど、その子が、ママから愛《あい》してもらえれば、それでいい。その子が、ママからの愛情《あいじょう》を、たしかめられさえすれば、きみの中のやさしい気もちは、修人の心の中へもどる。そうすればきみは、自分がナニモノなのか、知ることができるんじゃないのかな」

「じゃあ、なにを、どうすれば？」

ブングガングさんの言葉が、だんだんと、まどろっこしくなってきた。

スーが、ふうっと、ため息《いき》をつく。

「ボスがママから愛《あい》してもらえるなんて、キセキよね、ピッツ」

「おいおい、スーはあきらめるのか」

「じゃあ、ピッツになにかいい考えがあるっていうの？」

「それは……ないけど」

「じゃあ、おなじじゃない」

「ちがうよ。おれのほうがしんけんにかんがえている」

「わたしのほうよ」

「ピッツもスーもやめて」

ぼくはかなしくなってきた。

「ぼくのことでけんかしないで。これだけわかれば、いいよ。ふたりとも、ありがとう。それと、ブングガングさん、いろいろとおしえてくれてありがとう。すこしだけど、気もちが晴れたよ」

「そりゃよかった。よけいなお世話《せわ》かもしれないが、ついでにわたしのすきな言葉《ことば》をおしえてあげよう。『雲はすこしずつ晴れていくもんだ』」

「そうだといいけど」

ぼくたちは、希望《きぼう》と不安《ふあん》がまざりあった気もちをだいたまま、ブングガングさんの店をでた。


しばらくは三人とも、だまって歩いた。

ぼくはぼくなりに、ブングガングさんからもらったアドバイスを、かみしめていた。

ぼくにはやっぱり、修人《しゅうと》の心がやどっている。

そして修人がもういちど、ママから愛《あい》してもらえたら、ぼくはナニモノなのかを知ることができる。

修人のママは、もう修人のことは愛していないのかな。

そんなにかんたんに、子どものことをわすれてしまえるのだろうか。

いちばんのかべは、修人のママに、修人の気もちをつたえることができるのかってこと。

ピッツもスーも、おなじことをかんがえているのだろう。ぼくのとなりを、だまって歩いていた。

そのよこ顔《がお》を、ぬすみ見たときだった。

スーのよこ顔ごしに、くらい路地《ろじ》が見えた。そこは、子どもたちが学校へいくときの、ぬけ道になっていた。

その路地のおくから、うめき声がきこえた気がした。

ぼくは足をとめた。

「どうしたの、ボーイ？」

「スー、なにかきこえなかった？　ほら、むこうの、路地のおくから」

「路地のおく？　なにもきこえなかったけど」

言葉《ことば》とは反対《はんたい》に、スーはとまどった目をして路地を見ようともしなかった。

ぼくの足は、しぜんとそのうすぐらい空間にひきよせられた。

「ちょっと、ボーイ。いってどうするの。ピッツもとめてよ」

「いきたきゃ、しかたないだろ。見ておくのもわるくない」

ピッツはなにか知っている。ふたりとも、いやそうに、ぼくのうしろからついてくる。

目がくらさになれると、ぼくは視線《しせん》のさきに、へんな生きものをとらえた。

ダックスフントのような、どうながの生きもの。こげ茶色で、やたら口が大きくてあごがつよそうだ。キバまである。目はするどく、そして首のまわりが、たてがみにおおわれていた。

ぼくは息《いき》をのんで、ふりかえった。

「ピッツ、もしかしてあいつが、ごみばこライオンなの？」

「そうだ」

ピッツが感情《かんじょう》をおさえた声でこたえた。

ごみばこライオンが見おろすさきでは、みじかくちびたえんぴつが、おびえていた。

ここをとおる子どもが、おとしていったのか、すてていったのか。

「た、たすけてくれ」

えんぴつが、いのるように手をあわせる。

まるで、スフィンクスをおがむちっぽけな老人《ろうじん》みたいだ。

「たすけるも、たすけないもない」

ごみばこライオンの声は、意外《いがい》にもやわらかく、紳士的《しんしてき》だった。

「もう、あんたの仕事《しごと》は終《お》わったんだ。それだけのことさ」

「いや、まだ終わっていない。できることはあるはずだ。まだ、しんは、のこっている」

「いや、終わった。重要《じゅうよう》なことは、あんたはもう、あんたのボスから、必要《ひつよう》とされていないということだ。おれにだって、なんともできない。ふでばこのくにのルール、その五、運命《うんめい》はしずかに見まもる。自分の運命も、おなじことだ。そうじゃないか」

「…………」

「さよなら」

「…………」

みじかくちびたえんぴつは、すべてを運命《うんめい》にゆだね、もう言葉《ことば》をなくしたようだ。

ごみばこライオンのまえ足が、すばやくえんぴつのからだをかっさらい、口の中へほうりこんだ。

手品師《てじなし》が、手のひらのコインを消《け》すような、いっしゅんの、できごとだった。

ちびたえんぴつは、この世《よ》からすがたを消した。

——ガリッ、ガリッ。

あごと歯《は》で、そいつをかみくだく音がした。ざんこくな音だった。

ぼくはかべにはりついて、ふるえた。

——ガリッ、ガリッ。

ゴクリとのどをとおってしまうと、ながい舌《した》で、べろりと口のまわりをなめた。

ごみばこライオンが、ふいに、ゆらりとたてがみをゆらし、こっちをむいた。

「おやっ、みなさん、おそろいで、どうしたんだい。こんな場所《ばしょ》をうろついていると、いいことはないぜ」

声をかけられ、からだがすくむ。

「お、おれたちは、べつに……。そう、おれたちはまだ、ボスにすてられたわけじゃないからな」

「ボスにことわりもなく、勝手《かって》にうろついてはいけない。ピッツともあろうものが、ふでばこのくにのルールを、わすれたわけじゃないだろ。しんぱいするな。いまは、はらいっぱいで、もう食えない。見のがしてやるさ」

「ふん。意外《いがい》と少食なのね」

安心《あんしん》したのだろう。スーがつよがっていう。

「ああ、さっき、黒い消《け》しゴムを食ったからな。日曜日《にちようび》の教室は、ときどき、ああいう大ものがかかるからうれしい」

ぼくたちはおどろいて、顔《かお》を見あわせた。

「もしかして、ブラックのことか？」

ピッツがきく。

「そんな名まえだったかな」

「あいつは、まだボスにすてられたわけじゃない」

「だからいまいっただろ。勝手《かって》にうろつくなと。それに、あいつのボスは、もうあたらしい消《け》しゴムを買った。いつまでもウロウロしていないで、早くおうちにかえるんだな」

「あの……」

いまならきけるんじゃないかと、思いきって声をかけてみた。

「なんだ、へんてこやろう」

「ぼくにはちゃんと、ボーイって名まえがあります」

「ふん。それで？」

「さいきん、花がらのキャップは、食べていませんか？」

「花がらの？　知らないな」

ごみばこライオンは、きょうみなさそうにこたえると、うしろ足をつよくけって、ダダッと、大きな通りへ走っていった。

そのうしろすがたを見おくったスーが、とつぜんさけんだ。

「ブラック！　ブラック!!」

大切なものをなくしたひとの声ににていた。

「ブラック、なにやってんのよ。ばかなんだから……ばかなんだから。ねえ、ブラック、でておいで。この針《はり》で、おしりをつついてやるから。ねえ、でてきてブラック……」

ママが家《いえ》をでていったとき、さけんでいた修人《しゅうと》の声が、スーの声にかさなった。

ママー、ママーと、修人はだれもいなくなった道路《どうろ》にむかってさけんでいた。

そしていまぼくたちは、くらい路地《ろじ》にたたずんでいた。

ぶじへやにもどったものの、ピッツもスーも、つかれきった顔《かお》をしていた。

ムーとレッドは、とうぜん、そんなふたりのようすに気がついた。

「おい、ピッツ。なにかあったのか？」

「ごみばこライオンとあったよ。なあ、ムー、おちついてきいてくれ。ブラックが、ごみばこライオンに、食われた」

「どうして……うそだろ……」

「ごみばこライオンが、そういった。あいつは、うそやじょうだんはいわない」

「いや、でも……」

「ショックなのは、わかるが、それがおれたちの宿命《しゅくめい》でもある」

ムーはうつむいて、じっとなにかにたえているみたいだった。

ぼくはますます、花がらのキャップが気になった。ブラックが、いのちをかけてまもろうとしたのは、どうしてなんだろう？

ただすきだったから？

「ねえ、それより、ボーイ。ブングガングさんは、どうだった？　あえたの？」

レッドがおもい空気をかえようと、話《はな》しかけてきたけど、その声はかすれていた。

「あえたよ」

「それで、きみはナニモノだっていってた？」

「ぼくは、修人《しゅうと》の中にある、やさしい気もちなんだって。それがおしだされて、このフィギュアのからだの中にながれこんで、ぼくが生まれたみたい。そして、修人は修人で、やさしさがなくなって、いじわるになったみたい」

「なるほど。それでなのねっ」

レッドはいうと、意味《いみ》ありげにフフフとわらった。

「なにがおかしいの？」

「だから、ボーイってやさしいけど、どこかたよりないと思ってた。やさしいだけじゃだめなのよ。きびしさとかずるさとか、いろんなものがないと」

ただしいことかもしれないけど、いわれていい気はしなかった。

「それで、どうすればいいって？」

「まずは修人《しゅうと》の気もちを、ママがちゃんとうけとめてくれなきゃいけないんだ。そのためには、修人の気もちを、ママにつたえる必要《ひつよう》がある。でも、どうすればいいか、ぼくにはわかんない」

「ボーイがすきな言葉《ことば》をつかえば、きっとママにとってボスは、大切なそんざいさ。そうに決《き》まってるさ」

シャープがはげましてくれる。

「そうだよね。大切なそんざい。だけど、どうすればママにつたえることができるか。それがわからない」

「こんなときこそ、ムーにきかなきゃ。いつもムー博士《はかせ》とよんでくれとかいって、えばってんだから」

三角じょうぎの、ギーがいう。

あいかわらず言葉《ことば》はとがってるけど、ムーを信頼《しんらい》していることにかわりはない。ぼくもおなじだ。

「そりゃ、ちょくせつあって、つたえるしかないだろ」

ムーがわかりやすくこたえた。

「でも、ボスのママがどこにいるのか、わからないのよ」

「じつは、このまえ見たんだよ。ほら、学校へしのびこんだ夜、コンビニのまえの横《おう》断《だん》歩《ほ》道《どう》を歩いてわたってた」

「そりゃ、すごいね、ボーイ。それで、家《いえ》までつきとめたのね？」

ギーの目がかがやく。

「いや、ぼくたちはそのまま学校へむかったから、そこからさきはわかんない」

「なあーんだ」

「でも、あの場所《ばしょ》から歩いていけるところに、すんでいるのはたしかだよ」

「だからといって、どうやってさがすの。ねこをさがすように、かべや電柱《でんちゅう》にポスターでもはる？　この子のママを、さがしてくださいって。もちろん、ボスの写真《しゃしん》をはって」

「ギー、もんくが多すぎるぞ」

「じゃあ、ピッツはどうすればいいと思う？」

「どうすればって……そいつはわからん」

ピッツはしかめつらになる。

そのとき、ムーがいった。

「そういえば、おぼえてる。あの女のひと……いっしょにいた女の子がもっていたかばんに〝ビッグバード学習塾《がくしゅうじゅく》〟って書いてあった。ボーイは知らないか？」

「知ってる。明穂《あきほ》がかよっている塾だよ。修人《しゅうと》もかよいたくて、パパにたのんだことがあったけど、パパは、だめだって」

「どうして？」

「たぶん、その女の子がかよってるからだと思う。ママと修人《しゅうと》があっちゃうだろ」

「じゃあ、ボスのパパは、ママがそこにくることを知っていて、ボスとママがあわないようにしたってことか」

シャープがいう。

「そうとしか、かんがえられない」

ふうって、みんながため息《いき》をついた。

おもい空気がただよって、ぼくはあやまった。

「ごめんね。みんな」

「どうしてボーイがあやまるの」

レッドがやさしく、せなかをさすってくれた。

「だって、ぼくのせいで、いやな気分にさせちゃった」

シャープが、そんなことないさと首をよこにふる。

「みんなふでばこのくにの、仲間《なかま》じゃないか。どうせおもい荷物《にもつ》なら、みんなでもったほうが、かるくなる。そうだろ、ボーイ」

「ありがとう。シャープ」

「おれたちのボスのためでもあるしな」

「それじゃ……」

スーが顔《かお》をあげた。

「そのビッグバードで、ママがくるのをまちぶせする？」

「それしかないな。このまえとおなじ時間にいけば、たぶんあえるだろ」

ピッツはそういって、こぶしをにぎった。

「でも、そこからどうするの？」

スーがたずねる。

「なんとかして、ボーイがママのバッグにはいりこんで、なんとかママに見つけてもらったら、あとはなんとかなるだろ」

「なんとかなんとかって。なによ、ピッツ」

「おれをせめるなよ。このさい、この作戦《さくせん》にかけるしかないだろ。ママがボーイを見つけて、ボスのことを思いだせば、あいたくなる」

「ほんとうに？」

「わからないけど。おれたちにできることなんて、かぎられてる。だからこそ、できるだけのことをする。そうだろ、シャープ」

ピッツはシャープにほほえみかける。

「そうだな」

「よし。じゃあ、作戦決行《けっこう》は、金曜日《きんようび》の夜で」

「それは、けっこう」

ムーがめずらしく、じょうだんでわらわす。

なんだかみんなが、かっこよく見えてきた。

すべてが、うまくいくような気がしてきた。

5　ママの本心

木曜日《もくようび》の夜だった。

ぼくはつくえのすみで、時計をせもたれにして、修人《しゅうと》から目がはなせなかった。

思いつめたような目。三十分以上《いじょう》だまったまま、つくえの上の紙を見つめていた。

ノックの音がして、パパがへやにきた。

「どうしたんだ修人？　おやすみもいいにこないし。もう、九時をすぎてるよ」

パパはパジャマに、きがえていた。

「気分でもわるいのか？」

修人は、つくえの紙をとると、パパとむきあった。

「ねえパパ、今月、保護者参観《ほごしゃさんかん》の日があるんだよ」

「ほう。それはたのしみ。仕事《しごと》とかさなっても、休みをとっていくから、安心《あんしん》して」

「あの……そうじゃなくって」

「えっ、なにが？」

「だから、ぼく……ママにきてほしいんだ」

いっしゅんにして、へやの空気が、かたまった。

パパがかなしそうな表情《ひょうじょう》でいう。

「ママはここをでていったひとだよ。それを……めいわくに決《き》まってるさ。それに修人《しゅうと》は知らないだろうけど、ママにはもう、あたらしい家庭《かてい》があるんだ」

「知ってる。明穂《あきほ》からきいた。女の子をむかえに塾《じゅく》へママがきてるって」

「じゃあわかるだろ。もうママには、あたらしい家族《かぞく》があって、パパや修人とはあいたくないんだ」

「勝手《かって》に、ママの気もちを決めつけないでよ。それに、ぼくの気もちは、どうなるの」

すると、声をふるわせたのは、パパのほうだった。

「パパにはむりだよ。ママがいなくなって、このうえ、修人《しゅうと》までママにうばわれたら、パパはどうすりゃいいんだ。パパの気もちはどうなるんだ」

まるでパパは、悪魔《あくま》にでものろわれたような顔《かお》で、なみださえもうかべていた。

「ママが、ぼくを、うばうって？　そんなことないよ」

修人は、かんがえてもみなかったんだろう。あわてて首をよこにふった。

「あるかないか……とにかく、保護者参観《ほごしゃさんかん》には、パパがいくから。パパはこれ以上《いじょう》、きずつきたくないんだよ」

ひったくるように、修人の手から紙をうばうと、それこそおやすみもいわずに、パパはへやをでていった。

金曜《きんよう》の夜、いよいよ、作戦決行《さくせんけっこう》。

きのうのこともあるのだろう、修人は早い時間から、ふてくされたようにねむっている。

ピッツはこのまえとおなじように、キャンピングカーを用意《ようい》した。

車にのりこんだのは、ぼくとピッツのほかに、輪《わ》ゴムのリングとスー、そしてムーだ。もちろん、ほかのみんなもいきたがったけど、そんなにのれないし、これはあそびじゃない。

ぼくにしたって、ちゃんともどってこられる保証《ほしょう》はない。

予定《よてい》だと、ぼくが、ママのバッグにとびこむ。

ママがぼくを見つけて、修人《しゅうと》を思いだす。

ママは、修人にあいたくなる。

そしてママは、ぼくをもってあいにくる。

修人にとっては、ママに自分の気もちを話《はな》すチャンスがおとずれる。

もちろんぼくは、ぶじにみんなのもとにもどってくる。

そういうすじ書きだ。

ママは愛情《あいじょう》いっぱい修人《しゅうと》をだきしめ、そしてぼくはもう修人のことなどわすれて、ほんとうの自分に目ざめるんだ。

もしかすると、心は修人と一体になるのかも。

するとからだは、もうただのフィギュアになって、にどとしゃべったりわらったりできないかもしれない。

それでもいまのちゅうぶらりんな、どっちつかずな状態《じょうたい》よりもいい。

もちろんそれは、計画がうまくいけばの話《はなし》だ。

失敗《しっぱい》したときのことは、だれも口にださなかった。たとえばだけど、ママがぼくをゴミばこにすててしまうとか。

「よし！　のりこむぞ！」

ピッツが気あいをいれる。ぼくは助手席《じょしゅせき》だ。

「幸運《こううん》をいのる」

シャープが、手をさしだす。ごつごつしたかたい手だった。

ぼくは、「うん」としかいえなかった。

いままでありがとうって、そういいたかったけど、それをいってしまうと、もうにどとあえなくなる気がしてこわかった。

ピッツが車のスイッチをいれた。

座席《ざせき》にしんどうがつたわる。

ヘッドライトが、ジャンプ台をてらす。

そのむこうに、まどがあいている。

「ゴー！」

車は助走《じょそう》して、まっすぐに坂《さか》をのぼる。

ジャンプ！

キャンピングカーは、まるでゆかいな旅《たび》にでも出発《しゅっぱつ》するようないきおいで、まどのそとへとびだし、地面《じめん》の上ではずんだ。

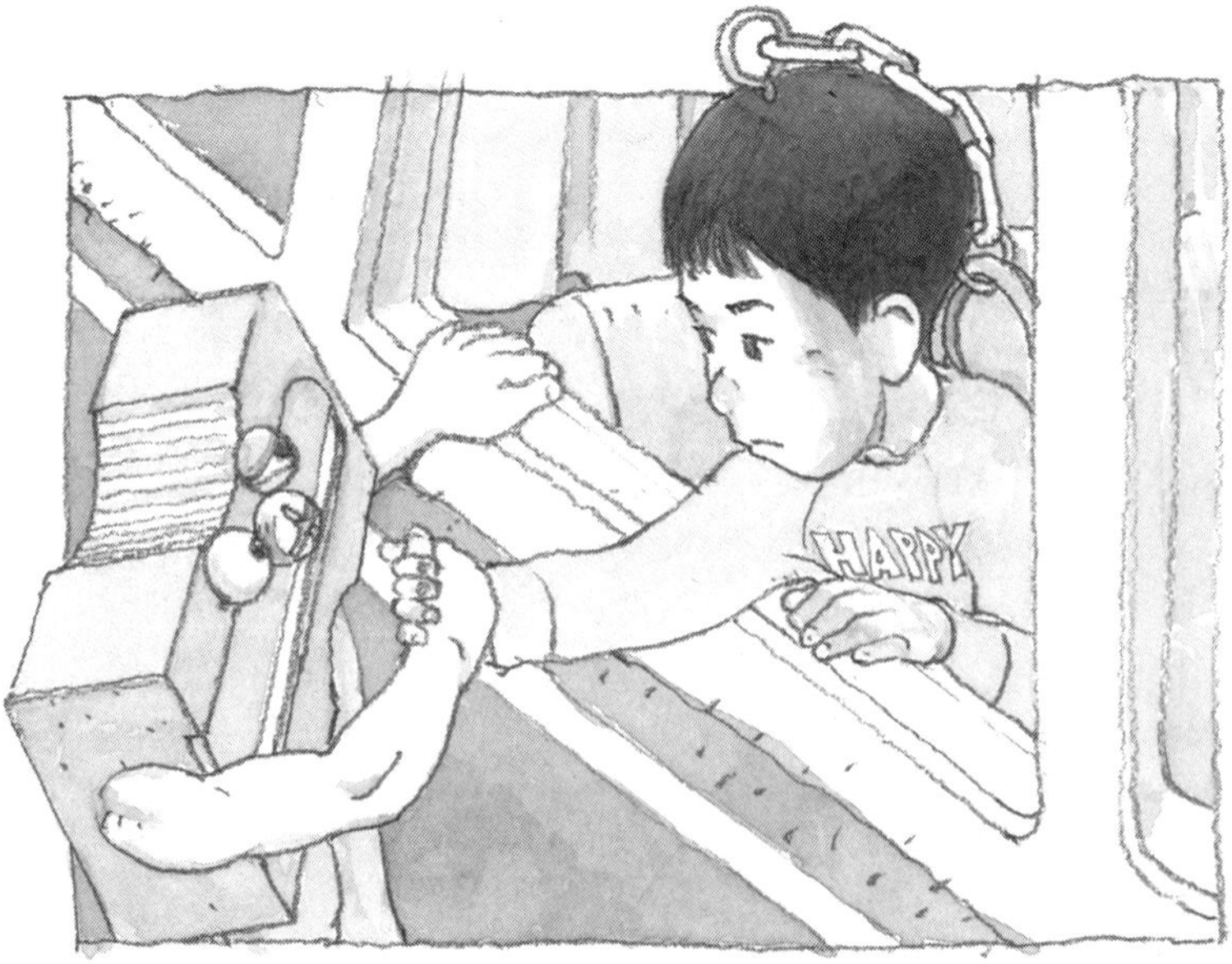

車のしんどうとは反対《はんたい》に、みんなの表情《ひょうじょう》は、かたまっていた。

今夜、ママがあらわれる保証《ほしょう》もないのだ。

もしかして、あの女の子はきょう、かぜをひいてねているかもしれない。

「いいか、もういちど、復習《ふくしゅう》しておくぞ」

ピッツがうしろまできこえるように、どなる。

「ボスのママがあらわれたら、スーは、そのながいコンパスをひらいて、リングをひっかける。おれとムーがひっぱるから、ボーイはゴムの反動《はんどう》をつかって、なんとかママのバッグへとびこむんだ」

「わかった」

ふりかえると、三人とも、しんけんな顔《かお》つきで、じっとまえを見ていた。

まもなく、ビッグバード学習塾《がくしゅうじゅく》のかんばんが見えてきた。

車が数台とまっている。

ぼくたちがのっているのとは、おおちがい。人間《にんげん》がのるデカいやつだ。

自転車《じてんしゃ》もある。

赤い三角コーンがつんであるそのとなりに、ピッツはキャンピングカーをとめた。

そっと車からおり立つと、夜の空気は、どことなくおそろしく、ぼくはきんちょうした。

やさしさ成分《せいぶん》が、空気中から、ぬけおちたみたいだ。

「あっ、あのひとだよ」

げんかんのそばで、赤ちゃんをだいている女のひとがいた。

ひとりでぽつんと立っていた。

「よし、チャンスだ。いくぞ！」

ピッツはすぐにうごいた。

ぼくたちは、そっと、ママの足もとに近づく。

ママはずっと、ドアのむこうを見ている。教室は二かいで、ガラスごしに事務室《じむしつ》が見える。

ママはうでに、口が大きくひらいたバッグをさげていた。
いそがないと子どもたちがおりてくる。
スーがさか立ちし、大きくコンパスをひらく。
リングをりょうはしにひっかける。
ぼくはリングの、まん中あたりに、じんどった。
ピッツとムーが、ぼくのからだを、リングといっしょにひっぱる。
ゴムがのびる。
ねらいをさだめる。
うまくとべるだろうか……。
「いくぞ、ボーイ！　またあおう」
「うん」
つぎのしゅんかん、ぼくのからだは

つよくはじかれ、ちゅうをまっていた。

そしてほんの数秒後《すうびょうご》、ママのバッグの中へと、ぶじ着地《ちゃくち》していた。

たぶんこのバッグにはいつも、赤ちゃんのおむつがはいっているのだろう。いいにおいじゃなかった。

「お帰り、れおちゃん」

塾《じゅく》のドアがあいて、女の子がでてきた。でもかのじょは、「ありがとう」って、いっただけ。表情《ひょうじょう》をかえない。

ふたりが歩きだす。

バッグの中からそとをのぞくと、ピッツたちがキャンピングカーのそばから、こっちを見ていた。

スーが手をふっているのがわかった。

しばらくすると、むねのおくを、不安《ふあん》がよぎった。それはピッツたちとはなれたせいじゃない。

れおとママ、このふたり、まったく話《はな》さない。

たぶんこの女の子は、ママが結婚《けっこん》したひとの子どもなんだろう。

それでも、もう赤ちゃんがいるわけだから、一年以上《いじょう》はいっしょにくらしているはず。

うまくいってないのかな。

このまえママを見た横断歩道《おうだんほどう》で、ふたりは立ちどまった。

ふとママの視線《しせん》がぼくをとらえた。

まわりは明るくて、ぼくの目は光ってはいなかった。

ドキリ。

ぼくを見て、修人《しゅうと》のことを思いだしてくれるだろうか。そして、修人にあいにいくことを、かんがえてくれるだろうか。

ぼくは祈《いの》りをこめて、ママの目をじっと見た。

ぼくは心の中でさけんでいた。

さあ、ぼくを手にとって！

ママの顔《かお》がせまってきた。

そしてぼくを手のひらにのせた。

やったあ！

さあ、修人《しゅうと》のことを、思いだしてあげて。

ところがつぎのしゅんかん、ママの目がくもった。

「なんなの？　これって、どういうこと？」

おどろいたママの手が、ぼくをほうりなげた。ぼくのからだは、アスファルトの上におちた。

痛《いた》みは感《かん》じなかったけど、なんともしようのない、いやな気分におそわれた。

からだじゅうから、力がぬけた。

どうしよう。

ピッツがたすけにこないか、ちょっとだけ期待《きたい》したけど、だれもこない。

そのとき、ぼくのからだにしょうげきが走った。

横断歩道《おうだんほどう》の信号《しんごう》が青になり、かけてきた少年のつまさきが、ぼくのからだをつよくけったのだ。

ぐうぜんなんだろうけど、ぼくのからだは、ぐうぜんではすまされなかった。

頭と足をくるくる回転《かいてん》させながら、なんと、道路《どうろ》のまん中へおどりでてしまった。

また信号がかわり、車が走りだす。

物語《ものがたり》の終《お》わりなんて、あんがい、あっけなくやってくるものなのだ。

こんどあったら、ピッツにそうおしえてあげよう。あえたならの話《はなし》だけど。

車にひかれたら、ぼくのからだは、ひとたまりもない。

こなごなになった自分を想像《そうぞう》して、ぞっとした。

——ブオオーン

車のタイヤが、顔《かお》のすぐそばをとおりすぎる。

いやだ！

ひかれたくない。

——ブオオーン

また車が……あわわわわ。

ブオー、ガガーと、車のそう音が、ぼくのからだと心をふるわせた。

目をきつくとじると、ピッツの顔《かお》がうかんだ。

そしてスーやムー。レッドやブラックの顔までもが。

さよなら。みんな手つだってくれたのに、役《やく》に立てなくてごめん。

心の中でつぶやく。

だんだんと、気が遠くなる。

からだがふわっとうく。

どこかへはこばれていくみたいだ。

あの世《よ》というところだろうか。ぼくはもう、すがたをうしなっているのかもしれない。

おそろしくて、目もあけられなかった。

どれだけたっただろうか。

ぼくのからだが、なにかの上にそっとおかれた。

石のような、かたくてつめたいかんしょく。

「いつまでしんだふりをしてるんだ」

その声にはききおぼえがあった。

「……ごみばこライオン」

「道のまん中にけりだされて、こわくて、うごけなくなったのか」

目をあけると、ばかにしたように、ごみばこライオンが見おろしていた。

ぼくは、たすかったんだ。

そう思ったとき、ごみばこライオンの大きなキバが、目のまえにせまっていた。

しずかな場所《ばしょ》でゆっくり食べるために、ぼくをたすけただけなのか。

「どうせ食べるなら、たすけてくれなくてよかったのに」

するとごみばこライオンは、ぶるんとしっぽをひとふりした。

しっぽは、ふざけるなといわんばかりに、ぼくの顔《かお》をビシッとたたいた。

「まずは礼《れい》をいうべきだろう。そんなことも知らないのか」

「知ってるよ。でも、どうせ食べるんだろ」

「食べる食べないは、おたがいにとって、たいした問題《もんだい》じゃない。きみはまだ、やらなきゃいけないことがある。だいじなのは、そっちじゃないのか」

「じゃあ、ほんとうに、たすけてくれたの？」

「ずいぶんと、うたがいぶかいんだな。おれは、ボスにすてられて、くさったりさびついたり、そんなみじめな終《お》わりをむかえなくてすむように、食べているだけさ。しんじてもらえないだろうが、これでもけっこうつらいのさ」

「わかったよ。ありがとう。ごみばこライオン」

「ふん。やっといえたな。まあ、あとは自分でなんとかしろ」

「なんとかって……。ここはどこなの？」

「さあな。どこかの家《いえ》のポストの上だ」

「ポスト？」

足もとを見ると、げんかんの、ポストとへいが一体になったその上にぼくはいた。

「じゃあな。またあおうぜ」

ごみばこライオンはいいのこすと、ひょんとへいからとびおり、すがたを消《け》した。

ぼくの目からでるちいさな明かりが、あたりをてらした。

しずかな住宅街《じゅうたくがい》だ。

むかいの家から、かすかにピアノをひく音がする。

この場所《ばしょ》ってどこかで……。

そうだ！

修人《しゅうと》の記憶《きおく》が、ぼくの中でよみがえった。

ビッグバード学習塾《がくしゅうじゅく》からママのあとをつけて、やっと交差点《こうさてん》の信号《しんごう》で声をかけたあの夜。

かえりなさいっていわれたけど、そのあとをこっそりと、家《いえ》までつけたんだ。

ただつらくて、どうしようもなく立っていたら、あの家のまどからピアノの音がきこえてきた。

ということは、この家は、ママの家。

車がスピードをおとしながら走ってきた。

駐車場《ちゅうしゃじょう》に車がとまり、男のひとがおりてきた。

もしかしてこのひとがあたらしいママのパートナーなんだろうか。

男のひとは、ぼくに気がついて首をかしげた。

「なんだ、これ?」

つぶやくと、ぼくを手にぶらさげて、家の中へはいった。

「れおがおとしたのかな?」

ひとりごとがきこえた。れおって……たしかさっきの女の子も、そうよばれてた。やはりそうだ。むねが高鳴《たかな》った。

家《いえ》の中では、ママがキッチンで、ばんごはんのしたくをしていた。

れおはテーブルで、本を読んでいた。

男のひとがそばにいく。

「ポストの上においてあった人形《にんぎょう》、もしかして、れおがおとしたのか？」

れおは手にとると、じっとぼくを見た。まるでなにかを思いだそうとしている目だった。

「どこかで見た顔《かお》だけど……わたしのじゃない」

男のひとの手におしもどされ、ぼくはがっかりした。

「そっか。てっきりれおがおとしたのかと……。ママは知らないか？」

ママの目がぼくを見て、いっしゅんまゆをひそめた。

「だれがおとしたかわからないものを、ひろってこないで」

ママはつよくいう。

「ごめんごめん」

男のひとはあやまると、ぼくをリビングのごみばこにすてた。

さいあくの事態《じたい》だ。

ああ……。

もう、ゼツボウのため息《いき》しかでない。

くらいほらあなの底《そこ》から、ぼくは白いてんじょうをながめるしかなかった。

こんどこそたすからない気がした。

せっかくママがそばにいるのに、なんにもできないなんて、修人《しゅうと》にもうしわけない気もちでいっぱいになった。

こんなことなら、ごみばこライオンに食べられたほうが、まだましだった。

ばんごはんのときには、もうだれも、ぼくのことにはふれなかった。

ごみばこの底《そこ》で、ぼくはきき耳を立てていた。

しゃべっているのは、れおのパパとママだけだった。

れおの声がきこえない。

パパやママの質問《しつもん》にも、「うん」とか「まあ」とか、そんなへんじしかしない。

食事《しょくじ》が終《お》わって、れおがへやにいくと、パパが小声で話《はな》しかけた。

「きょうも、むかえにいってくれたのかい」

「ええ。でも、やっぱりわらってはくれなかった」

「そうか」

「ごめんなさい」

「きみがあやまることじゃない。ぼくは、きみには感謝《かんしゃ》している。あの子は、わらうことをわすれちゃったんだ。それは、あの子の母親が、あの子をギャクタイしていたせいだし。気づいてあげられなかったぼくに、責任《せきにん》がある。まあ、あせらず、時間をかけよう」

話《はなし》をききながら、ぼくはブングガングさんの店で見た人形《にんぎょう》を思いだしていた。

あの人形を見たとき、なにかできないかなと思った。

ギャクタイをうけて、わらわなくなった女の子。そういう子は、ほかにもいるだろうけど。もしかして、あの子なのかな……。

そうだとしても、ぼくにはもう、なにもできそうにない。

「ところで、修人《しゅうと》くんは、どうなんだ？」

とつぜん男のひとの口から修人の名まえがでておどろいた。

「どうって？」

「あわなくていいのかい」

「あの子の父親を、きずつけるだけだわ」

「きみとそのひとはわかれたけど、修人くんをそだてる責任《せきにん》は、ふたりにあると思う。

修人くんのママは、きみしかいない。修人くんが、きみのことをきらいならともかく、なにも連絡《れんらく》しないのはかわいそうだ」

「わたしだってあの子にはあいたい。でも、あのひとをこれ以上《いじょう》きずつけるのは、修《しゅう》人《と》のためにも、わるい気がするの。それにあなたやれおちゃんにだって」

「そうかな。ぼくはそうは思わない。きみさえよければ、ぼくもいっしょにあって話《はなし》をするけど。おとなたちの都合《つごう》で子どもをくるしめてはいけないよ」

「それは……かんがえさせて」

そのあとは、ちんもくにつつまれた。

修人のことを、ちょっとでも思ってくれているのがわかって、すくわれた気がした。

夜がふかくなり、家《いえ》じゅうの明かりが消《き》えた。しずかになると、さみしくなる。

ピッツやスーたちのことを思いだすと、ぼくは泣《な》きたくなった。

いまごろへやにもどって、反省会《はんせいかい》をしているだろう。

もうあえないのかな。

なぜか思いだすのは、ピッツの笑顔《えがお》だった。

「ピッツ、あいたいよ」

つぶやくと、ちょっぴりなみだがでた。

「おれたちにできることなんて、かぎられてる。だからこそ、できるだけのことをする」

ああ、ピッツの声がきこえる。

そうだ、弱気《よわき》になっちゃいけない。

ぼくだってまだ、なにかできるはず。

「ピッツ。ぼく、がんばるから」

そうつぶやくと、なぜか勇気《ゆうき》がわいてきた。

このままごみとして、消《き》えてしまってたまるものか。

そのときだ。

ギギッ。

音を立ててドアがあいた。

6　れおと人形《にんぎょう》

足音をしのばせて、だれかはいってきた。
だれだろう……。
近づいてくる気配《けはい》。
「あ、光ってる」
れおの声がした。
ぼくは目をあけていて、てんじょうに光の輪《わ》がふたつゆらいでいた。
なにをしにきたんだろう。
電気《でんき》をつけようともしない。
すると、れおの顔《かお》が、きゅうにごみばこをのぞきこんだ。

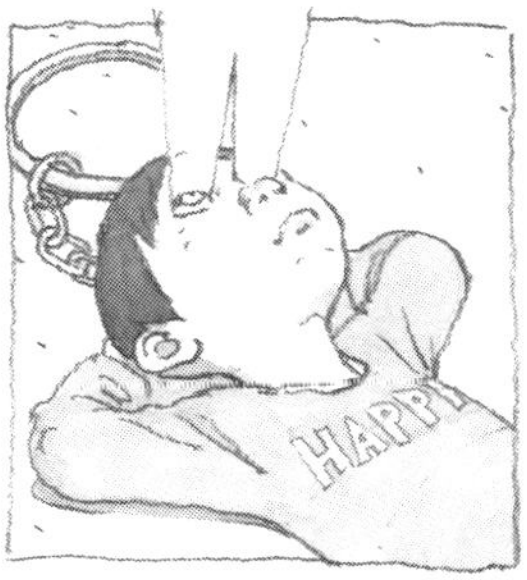

「この子、目が光るんだ」

れおはうれしそうにいって、ごみばこからぼくをひろいあげた。

どうするつもりなんだろう。

ぼくをにぎりしめ、そっとリビングをでると、れおは洗面台《せんめんだい》にむかった。

ハンドソープでぼくをあらうと、きれいな水であらいながす。そのあと、やわらかいタオルでからだをふいてくれた。

れおはぼくをにぎりしめ、自分のへやにもどった。

生きかえったような心地《ここち》がした。

なぜだかいいことがまっている気がした。

れおのへやは、とてもさみしい空気につつまれていた。

つくえとベッドのほかには、なにもなかった。

本のほかには、ゲームもぬいぐるみもかわいい服《ふく》も、なにもない。

かべは白一色で、カーテンは黒。

女の子の顔《かお》をかいた絵が一まい、かべにはってある。人形《にんぎょう》の絵にも見えた。まるでわるい魔女《まじょ》に魔法《まほう》をかけられて、どうくつの中でくらしているみたいだ。

「すてられちゃう、ところだったね」

明かりを消《け》すと、れおはぼくをつれて、ベッドにはいった。

かのじょの目的《もくてき》は、ぼくを、ごみばこからすくいだすことだったのだろうか。

ぼくはあおむけになっていた。

てんじょうに、ぼくの目からでる光が、明るいしみをつくっていた。

「きみの顔、どこかで見たような気がするんだよね。もちろん、フィギュアじゃなくって」

れおがじっとぼくを見た。

息《いき》がかかる。

「ビッグバード学習塾《がくしゅうじゅく》の帰り。横断歩道《おうだんほどう》のところで」

どうせきこえないと思って、ぼくはつぶやいた。

「ビッグバード学習塾《がくしゅうじゅく》……。ああ、ママに話《はな》しかけてきた男の子だ」

「思いだしてくれて、ありがとう」

「どういたしまして……えっ……もしかして、わたしたち、いましゃべってる？」

「まあね」

「ぎゃあ！」

れおはさけぶと、はねおき、ぼくをにぎりしめる。

「まって、なげないで！」

ぼくもさけんでいた。

ぼくたちはだまったまま、しばらく見つめあった。

足音がして、だれかがドアをノックした。

「れお、だいじょうぶか？　あけるよ」

男のひとの声だ。

ドアがあいて、れおのパパがはいってきた。明かりがつく。

「どうした？　さけび声がしたけど」

「うん。ちょっと、ゴキブリが走ったような気がして。でも、気のせいだったみたい。もうだいじょうぶ」

「そうか。れおは、へやでお菓子《かし》とか食べてないだろ？」

「食べてない。もういいよ、パパ」

れおのほそいゆびが、ぼくをかけぶとんの下におしこんだ。

「れお、いやなことがあったら、なんでもパパにいってくれたらいいから」

「わかってる」

「それから、あたらしいママのこと、むりにママってよばなくていいから」

「わかってる、むりによんでないし」

「そうか」

「しんぱいしなくていいよ。いまのママは、とてもいいひとだよ」

「そうか、パパはただ……」

「わたしがわらわないから、パパはしんぱいしてるんだよね。ごめん。でも、なぜかわらえないの」

「れおが、あやまることじゃない。れおの気もちがいちばんだいじだからな。それじゃ、おやすみ」

「ねえ、パパ」

「なんだい？」

「ママにも、子どもがいるよね」

「……そうだな。男の子がいる。どうしてそんなことをきくんだ？」

「まえに学習塾《がくしゅうじゅく》の帰り、ママと、信号《しんごう》がかわるのをまってたの。そのとき男の子から、声をかけられた。たぶんママの子ども」

「そんなことがあったのか。ママはなにもいってなかった」

「ママはその子に、家《いえ》にかえるようにいってたの。でも、つらそうだった。ママも、その子も。ねえパパ、わたしはだいじょうぶだから、ママのこと、かんがえてあげて」

「わかった、ありがとう。れおはパパが思っているより、ずっとおとななんだな」

電気《でんき》が消《き》えた。

ドアがそっとしまる。

「ぼくは、ゴキブリじゃないからね」

ふとんからはいだすと、ぼくはいった。

もちろんじょうだんのつもりだ。

「ゴキブリじゃないのはわかるけど、いったいナニモノなの?」

「フィギュアだよ。修人《しゅうと》って子に、にせてつくってあるんだ」

「ああ、あの子。修人っていう名まえなの?」

「そう。そしてぼくは、かれのフィギュアで、ボーイって名まえ」

「それはわかったけど、どうして話《はな》せるの？」

「それは、ふでばこのくにの住人《じゅうにん》だからさ」

「ふでばこのくに？」

「そう。ぶんぼうぐたちがつくってるくに。国境《こっきょう》も武器《ぶき》もないけど、共感《きょうかん》しあえるひととなら、なかよくなれる」

「たのしそう。ふでばこのくにの住人になれば、人間《にんげん》とおしゃべりできるんだ」

「そうじゃないさ。ぼくがおしゃべりできるのは、ぶんぼうぐだけ。えんぴつのピッツや、消《け》しゴムのムー。人間としゃべったのは、いまのところきみでふたり目。ほかの人間とは、たぶんしゃべれない」

「どうして、わたしと話せるの？」

「わかんない。きみって、ほんとうに人間だよね」

「もちろん。わらえなくても、人間だってみとめてくれるならね」

「きみ、わらえないんだ」

「そう。わたしをうんだ母親は、わたしがわらってると、きげんがわるくなって、わたしをなぐったの」

「どうして?」

「知らない。とにかくわたし、わらわないようにした。それで、たのしい気もちのときは、人形《にんぎょう》にこっそりと話《はな》すだけにしたの。そしたら、しんじてもらえないかもしれないけど、人形がわらうようになったの」

ぼくは、ブングガングさんの話《はなし》を思いだした。

「そのうちに、人形がしんぱいになって、おもちゃ屋《や》さんにもっていった。こんどは人形が、ひどい目にあわされるんじゃないかと思って」

「それってもしかして、ブングガングさんの店かな」

「ちいさかったから、よくおぼえてない」

「きっとそうだ。そのお店によくわらう人形があった。その人形をもっていた子も、母親からひどい目にあっていて、人形をあずけたんだって」

ぼくたちは、しばらくだまった。

心の中で整理《せいり》する必要《ひつよう》があった。

「……ボーイっていったよね。どうしてわたしたち、こうやってしゃべれるの？」

さっきとおなじ質問《しつもん》だ。それはぼくもふしぎだった。

「たぶんだけど、共感《きょうかん》しあえるからじゃないかな。おなじような、なやみをもっている」

「ボーイのなやみは、なんなの？　ボーイの話《はなし》もきかせて」

「ぼくは、きみの人形《にんぎょう》とおなじように、修人《しゅうと》っていう子の、やさしい気もちがとじこめられて、できているんだ」

「やさしい気もち？」

「そうだよ。きみがたのしい気もちを自分からおいだしたように、修人は、やさしい気もちをおいだしちゃったのさ。」

「修人くんは、だれかにいじめられてたの？」

「そうじゃない。でも、つらい気もちを、ずっとかかえこんでる。修人《しゅうと》はね、ママにあいたいんだよ。ママに愛《あい》してほしいんだ」

「ママって、それは、わたしの……」

れおはもう、理解《りかい》しているみたいだ。

ぼくの目的《もくてき》は、修人とママをあわせること。そのママと、いま、おなじ屋根《やね》の下にいる。

でもママは、さっきバッグの中のぼくをなげすてた。

そしてれおのパパが見せたときもこまっていた。

ぼくは、いうべきかどうかまよった。

「ねえ、わたしに力になれることがあったら、なんでもいって」

れおの声がやわらかい。

れおなら、たよってもいい気がした。

「もしよければ、きみからちょくせつ、ママにたのんでほしいんだ。修人にあいにいってくれるように」

れおは、しばらくだまってからいった。

「わかった。いきなりってわけにはいかないけど、がんばってみる。ねえ、ボーイ。そのかわり、わたしを、人形《にんぎょう》のいる店につれてって」

「ありがとう、れお。お店には、ぼくが案内《あんない》するよ」

「ねえ、ボーイ……」

「なに?」

「ひさしぶりに、いいゆめを見られそう」

「よかったね」

しばらくすると、ちいさな寝息《ねいき》がへやをみたした。

ぼくもあしたを、たのしみにまてる気がした。

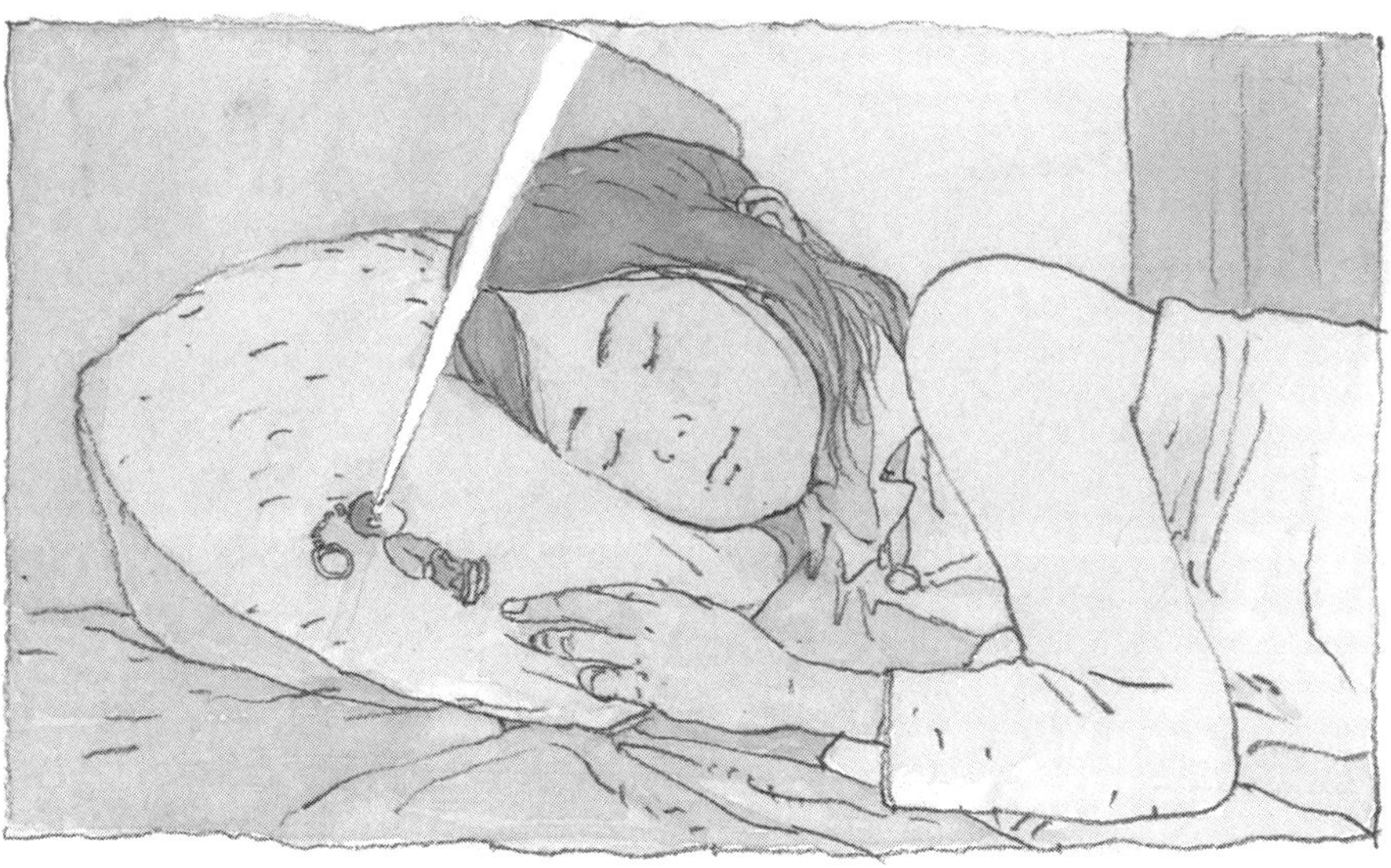

7　ぼくはナニモノ

土曜日《どようび》、ぼくはれおの、左むねでゆれていた。れおは、ボールペンをむねポケットにさし、ぼくの頭のくさりを、ペンにひっかけた。

「ブングガングさんのお店、たのしみ」

「お店じゃなくて、人形《にんぎょう》にあうのがたのしみなんだろう」

「そう、アタリ。でも、もしもほしくなったらどうしよう。やっぱり、買わなきゃいけないよね。いくらだろう」

「ねだんはきかなかったけど、ブングガングさんは、きっといいひとだから、もっていけばいいって、そういうと思う」

「どうして、そう思うの？」

「だって、ぼくたちふでばこのくにのみんなと話《はなし》ができるってことは、共感《きょうかん》しあえる仲間《なかま》ってことだろ。なら、きっと、きみの気もちだって、わかってくれるさ」

「そうね。そうしんじる。ボーイと話《はな》していると、なんだかこの世界《せかい》が、とてもたのしくて、希望《きぼう》にみちていて、キラキラして見えてくる」

「ほめすぎだって。ほめられるのは、きらいじゃないけど」

ぼくたちはすっかり、うかれていた。

れおも、わらうことはなかったけど、その声はとても明るい。


そとから見ると、ブングガングさんの店は、きょうもひまそうだった。

れおがそっとドアをあけた。

たなの上からぼくたちを、おもちゃが見おろす。

「このおくに、ブングガングさんがいるからね」

そっとれおにおしえた。

「人形《にんぎょう》はどこかしら？」

れおはあたりを、キョロキョロと見まわす。

「人形は、たしか、あのあたり……あれ？」

このまえ見た人形が、そこにはなかった。

おき場《ば》をかえたのかな。それでもぼくはまだ安心《あんしん》していた。

「ブングガングさんに、きいてみよう」

ブングガングさんは、このまえとおなじように、カウンターのむこうがわで、本を読んでいた。

ちらっと、顔《かお》をあげる。

「おやっ……」

「こんにちは。ボーイだよ」

ブングガングさんは、ぼくたちを、かわるがわる見た。

「あのぅ、このまえの人形《にんぎょう》だけど、どこかへかたづけたの？」

「このまえの、人形？」

「ほら、よくわらう人形だよ。母親からかくしてあげるために、女の子がもってきたっていう……」

「ああ、あの人形ね」

「ブングガングさん。この子が、あの人形をもってきた子なんです。ぐうぜんにであって、知ったんです」

「ほう。それはすごい」

ブングガングさんが、目をほそめてれおの顔《かお》を見た。

「あの人形、わたしが十さいのとき、ここへもってきたんです」

「そうだったか……ああ、思いだした。あのときの子だ。いまは、そのぅ、しあわせなのかい」

「はい」

「それはよかった」

「ただ、あの人形《にんぎょう》の話《はなし》をきいて、もういちどあいたくなって」

れおがいうと、ブングガングさんは「しまった」と、ちいさくもらした。

ぼくたちは、きんちょうして、ブングガングさんを見つめた。

「おまえさんがくるとわかってたら、あの人形は、売らなかったんだが」

「ええっ、売っちゃったの？　どうして！」

「おいおい、ボーイ。ここをなんだと思ってるんだ。ふでばこのくにのあそび広場《ひろば》じゃないぞ。ちゃんとした店だ」

「そりゃそうだけど……」

「この子も、売らないでとはいってなかった」

ブングガングさんが、いっていることはわかる。でも、せっかく人形のもち主《ぬし》が見つかって、ここまできたのに。

「ごめんな。おじょうさん」

「いえ、だいじょうぶです。それより、いままでだいじにあずかってくれて、ありがとうございます。あの子も、しあわせだったと思います」

「ああ。人形《にんぎょう》を買っていったひとも、きっといいひとだよ。やさしそうな、女のひとだった。あの人形をひと目見て、うまれた赤んぼうにだかせてあげたいと思ったそうだ。ああいうふるい人形を買っていくひとは、人形をそまつにはしない」

わかっていますといいながらも、れおはうつむいた。

「かえろうか」

ぼくはれおに声をかけた。

れおはうなずくと、ブングガングさんに頭をさげた。

「おじいさん、ありがとう。さようなら」

「ああ、またおいで」

そとにでて、ぼくはまよっていた。

ほんとうは、人形と再会《さいかい》したいきおいで、修人《しゅうと》の家《いえ》もおしえておくつもりでいたけど、これじゃいいだせない。

そのときだ。ふいに、れおがいった。

「近いの？」

「えっ？」

「その……修人《しゅうと》くんの家《いえ》」

「うん、まあ」

「わたし、いってみたい」

「いいの？」

「きょうみがある。ママがすんでいた家でもあるわけだし」

「そういってもらえるとうれしい」

れおを元気づけなきゃいけないのに、ぼくが元気づけられた。

「どっちへいけばいい？」

「むこう。ほら、ひまわり薬局《やっきょく》ってかんばんが見えるだろ。あの店を、右にまがった

ところ」
「りょうかい」
れおが、力づよく歩きだした。
ぼくはれおのむねで、ぶらんぶらんゆれながら、ひさしぶりのけしきをたのしむ。
げんかんと、へやのまどが見えてきた。
あいたまどから、つくえが見える。
ピッツがいた。
「おーい、ピッツ！」
うれしくてぼくは思わずさけんだ。
ピッツがこっちをむく。
ぼくのすがたが、わかったのだろう。
「おお、ボーイ。かえってきたか。げんか

んがあいてるから、はいってこいよ。早く！　いそいで！」

ピッツのようすがおかしい。笑顔《えがお》がなかった。

なにがあったんだろう。

ピッツがいうように、げんかんはあいていた。ぼくは、れおをいそがせ、へやにかけこんだ。

れおがつくえの上にぼくをおいた。

「ボーイ、あいたかったわ！」

レッドが、情熱的《じょうねつてき》にだきしめてくる。

「ねえ、その子はだれなの？」

スーが、ほそい目をして、あごをつきだす。

「この子の名まえは、れお。ねえスー、ブングガングさんの店にあった人形《にんぎょう》をおぼえてる？」

「あの、よくわらう？」

「そう。あの人形《にんぎょう》のもち主《ぬし》だった子さ」

「だいじょうぶなの？　ピッツ」

「なにが？」

「だって、いまここは、ふでばこのくに。そのりょういきに、人間《にんげん》がはいってきて」

ぼくもそれは気になった。

するとピッツがいう。

「もうひとつルールがあるのを、ボーイにはおしえてなかった。ルールがすべてではないというルール。まあいいんじゃないか。このくにに境界線《きょうかいせん》はない。心がつうじあえばそれでいい。ごみばこライオンも、まさかこの子は食わないだろ。ははは」

ピッツが自分のじょうだんにわらった。けど、すぐ真顔《まがお》になってぼくを見た。

「それより、ボーイ。ボスがたいへんなんだ。けさ、家出《いえで》した」

「家出？」

「ああ、さがさないでって、おき手紙をしてね。パパはあわててさがしにいったけど」

「ねえ、ボーイ。心あたりはない？」

レッドがきく。

心あたりなら、ある。

「もしかして、修人《しゅうと》は、ママにあいにいったのかも」

「わたしの家《いえ》に？」

れおが、顔《かお》をよせてきた。

「木曜日《もくようび》の夜、修人とパパが、いいあっていたんだ。保護者参観《ほごしゃさんかん》にママにきてほしいって、修人がたのんだけど、パパにことわられてしまった」

「そんなことがあったのね。かわいそうに」

「きっと修人は、ちょくせつママにたのむ気なんだ」

「ねえ、ちょっとまってよ、ボーイ」

スーが、ぼくたちの会話《かいわ》にわりこむ。

「どういう、関係《かんけい》なの？　そのぅ、この子とうちのボスは」

「れおにあたらしいママがきて、それが修人《しゅうと》のママだったんだ」

「なんだって！」

ムーがめずらしく、こうふんしてさけんだ。

「……ブングガングさんの店にあった人形《にんぎょう》のもち主《ぬし》が、このおじょうさんで、このおじょうさんのあたらしいママが、この家《いえ》をでていった、ボスのママってことか。世《よ》の中、せまいってことだな」

ムーは感心《かんしん》してうなった。

「なら、ボーイ。早くいかないとね」

スーが、まどのそとに顔《かお》をむけた。

「そうだね。れお、いっしょにいってくれるかな」

「もちろん」

「ボスのこと、たのんだぞ、ボーイ」

「わかった」

ピッツはいつも、ぼくを信頼《しんらい》してくれる。

「そうだ。ぼく、ピッツにあったら、いいたいことがあったんだ」

「そんなことはあとだ。早くいけ！」

ぼくたちは、れおの家《いえ》にむかった。

パパもれおの家にいったのだろうか。ぼくは不安《ふあん》になった。

またパパが、きずつくようなことにならなきゃいいけど。修人《しゅうと》がもっとつらくなる。

ぼくは、れおのむねでゆれながら、しんぱいすることしかできない自分がくやしかった。


れおの家が見えてきた。

げんかんのまえで、三人のおとなたちが話《はな》しあっていた。

やっぱりパパは、れおの家にきていた。パパには修人の気もちが、わかっていたんだろう。

「修人《しゅうと》は、この家《いえ》にいるんだろ」

パパの、せっぱつまった声がきこえる。

ぼくたちは、すこしはなれて立ちどまった。

「いないわよ」

ママがかなしげに首をふる。

「ほんとうに修人くんは、ここにはいませんから。それより、修人くんが家出をしたのなら、わたしたちもみんなでさがさなきゃ」

れおのパパがなだめる。修人はほんとうに、いないみたいだ。

「修人を、かえしてくれよ」

まいったな。

パパは、自分のことしか見えていない。

れおが、思いあまってかけよった。

「いいかげんにしてよ、おじさん。ママがいないっていってるでしょ」

声をあげて、パパをにらみつけた。

「……ママ?」

「そうよ。いまはわたしのママ。もちろん、修人《しゅうと》くんのママでもあるけど。とにかく、子どものことでおとながけんかすると、子どもがきずつくの。もちろん、ママをきずつけるのもやめて!」

パパは、れおにしかられて、ひとことも、いいかえせなかった。

ブングガングさんの店にいってから、なぜだかれおが、どうどうとしてきた。

れおが、ママを見る。

「ねえ、ママ。修人くんと、ときどきはあってあげて。ママはずっと、パパとわたしにえんりょしてるんでしょ。修人くんは、きっとママにあいたくて家出《いえで》したんだよ」

タイミングは、いいのかわるいのかわかんないけど、うれしかった。

ぼくは「れお、ありがとう」と、そっという。

「ねえママ。ママがしあわせにならなきゃ、パパもわたしも、しあわせになれないんだよ。だれかが、がまんしなきゃいけない家族《かぞく》って、おかしいと思う」

「ありがとう、れおちゃん」

ママがれおの手をとった。

そのときだ。かどをまがって、パトカーがこっちにむかってきた。

サイレンこそ鳴《な》らしてなかったけど、まるでこのさわぎをききつけたみたいだ。

パトカーは、家《いえ》のまえでとまった。

えっ……、まさかほんとうに、このけんかをとめにきたの？

ドアがあいて、おりてきた警察官《けいさつかん》が、うしろのドアをあけると、修人《しゅうと》がおりてきた。

「どうしたんだ、修人！」

パパがおどろいてかけよった。

「朝からずっと、小学生の男の子が店内にいると、コンビニエンスストアから通報《つうほう》がありまして。それで、話《はなし》をきいたところ、ママにあいたいけど、どうしようかと、ずっとなやんでいたようです。この子のママは?」

「あっ、わたしです。すみませんでした」

「ぼくが、父親で……」

パパもすぐにこたえる。

警察官《けいさつかん》は、パパとママを見ると、

「それじゃ、修人《しゅうと》くんの話をきいてあげてくださいね」

そういって、かえっていった。

修人はみんなのまえで、うつむいていた。

「修人くん、思っていること、ぜんぶいっちゃいなさいよ」

れおが勇気《ゆうき》づける。

修人はうなずくと、パパをしっかりと見た。

「パパ、ぼくはママにあいたいときに、あいたいんだ。ぼくの気もちをちょくせつつ

たえられないなんておかしいよ。ぼくのママは、ママしかいないんだよ」

「それで、パパにどうしろって」

「だから、塾《じゅく》へもいかせてよ。パパは、ママがくるのを知ってて、いかせようとしなかったんでしょ」

「それはちがう。ママのことは知らなかった。ほんとうだ」

「だって、ビッグバード学習塾《がくしゅうじゅく》へいくのはだめだって」

「それは、パパが小学生のとき、中学受験《じゅけん》のために、塾ばかりいかされて。ともだちもできなくて、いやな思いをしたからなんだ」

そういって、パパはちらっとママを見た。

「じゃあ、保護者参観《ほごしゃさんかん》のことはどうなの？　やっぱり、ママにたのんじゃいけないの？」

「なんのこと？」

ママが修人《しゅうと》にきいた。

「こんど保護者参観《ほごしゃさんかん》があって、ママにきてほしいんだけど、パパはママにはたのめないっていうんだ」

「どうして？」

ママがパパを見たけど、パパはだまっていた。

「ママがぼくを、うばうんじゃないかって。パパはこわがってるんだ」

「うばうだなんて、そんなことするわけないでしょ」

ママはきっぱりという。

「でもパパは、すっごく、こわがってた」

「ぜったいにないから」

修人《しゅうと》は、安心《あんしん》したように、パパを見た。

「あのう……いいでしょうか」

れおのパパが、おだやかにいう。

「修人くんのママとパパは、あなたがたしかいません。わたしがいうのも、へんにきこえるかもしれませんが、修人《しゅうと》くんは、みんなで見まもっていかないと。かれをまいごにさせてはいけません。そうでしょ」

修人のパパはしばらく、自分の足もとを見つめてかんがえこんでいた。そんなパパに、「ねえ顔《かお》をあげてよ」と、ママがいった。

「わたしは、あなたをきずつけるのがこわくて、わかれてからは、修人にあわないようにしてきたけれど、やっぱりまちがいだと思う。ちゃんと話《はな》しあいましょう。わたしもあなたも、かわらなきゃいけないのよ」

「そうだよ、おじさんの、しあわせのためでもあるんだよ」

そういったれおを、修人がまぶしそうに見つめていた。

「あ、修人くん。わたしは、れお。いまはきみのママといっしょにくらしてる。よろしくね。まえに塾《じゅく》の帰り、横断歩道《おうだんほどう》であったの、おぼえてる？」

修人はとまどいながらうなずく。

そのときぼくは、おどろいていた。

れおが笑顔《えがお》で修人《しゅうと》に話《はな》しかけていたから。

笑顔がもどったんだ。

「わかりました。これから修人のことは、話しあいながらそだてていきましょう。ぼくもかわれるように、努力《どりょく》します。修人、これでいいかな」

パパがやっと、まえむきになった。

「ありがとう、パパ。ぼく、パパのことはすきだから。それはしんじて」

「もちろん、しんじるよ」

「ごめんね、修人。いままで、さみしい思いをさせて。ほんとうにごめん」

ママがぎゅっと修人をだきしめた。

とたんに修人の目から、大つぶのなみだがこぼれおちた。

ぼくのからだにふってきたなみだが、いまはママのむねをぬらしている。

みんなしずかに見まもっていた。

なみだがとまったとき、修人はやっとぼくを見つけてくれた。

「どうしてれおちゃんが、このフィギュアをもってるの？」

「それは……まあ、話《はな》せばながくなるから、またこんどあったときにね。かえしておくね」

れおは、むねにつけていたぼくをはずすと、修人《しゅうと》の手のひらにおいた。

修人は、ポケットにしまわず、ママの手をとった。

「ママ、このフィギュア、もらってくれる？」

「ありがとう。修人だと思って、だいじにする。もうすてたりしないから」

ママが手の中のぼくを、しっかりとにぎりしめた。そのとき、ぼくは感《かん》じた。

これでぼくの仕事《しごと》が終《お》わったと。

「修人くん。ときどきあそびにきてね」

れおのパパがいう。

「あ、おじさん。早くかえったほうがいいよ。家《いえ》のかぎ、あいてたから」

れおが修人のパパに、家の方角《ほうがく》をゆびさしていった。

「あわてて、げんかんのかぎ、しめわすれたでしょ」

「しまった」

パパが修人《しゅうと》の手をひく。

「わたしもあそびにいっていいかな。修人くんと、なかよくなりたいから」

「ああ、よろしく」

パパは修人の頭をなでると、あわてでかけだしていった。

「そうだ、れおちゃん。家《いえ》にはいって。見せたいものがあるの」

ママが、れおの手をとった。

リビングにはいると、ソファーに人形《にんぎょう》がすわっていた。

「あっ、この人形！」

れおがよろこびの声をあげ、だきあげた。

ブングガングさんが売ったあいては、なんとママだったんだ。

「赤ちゃんのおもちゃをさがして、たまたまはいった店で見つけたの。れおちゃんが、かべにはってある、らくがきの絵によくにてたから」
「ママ！　あれはらくがきじゃないよ！」
れおは笑顔《えがお》でいった。
さそわれて、人形《にんぎょう》も、きゃきゃきゃきゃとわらう。
ママも、パパもわらう。
そしてぼくも、ママの手につつまれてわらっていた。

しばらくたったある日、ぼくは修人《しゅうと》のふでばこにもどっていた。
修人がれおに、かしてほしいって、たのんだんだ。
修人は、ぼくを学校につれていった。
ひさしぶりにあじわう、ざわついた教室。
わくわくする。
ぼくの場所《ばしょ》は、やっぱり、ふでばこの中だ。

修人《しゅうと》はぼくをひっぱりだすと、教室のすみっこに明穂《あきほ》をよんだ。

「ほら見て、かえってきたんだ。ぼくのフィギュア。いまは、ママのところと、いったりきたりしてるんだ」

うれしそうに報告《ほうこく》する。

「よかったね。ママとあえるようになって」

「うん」

明穂には、ママのこと、話《はな》しているみたい。

「さわっていい？」

「もちろん。このまえは、いじわるして、ごめんね」

「いいよ。ぼくは、だいじょうぶ」

「来月から、ビッグバード学習塾《がくしゅうじゅく》へかようことになったから。塾でもなかよくしてくれる？」

「もちろんだよ」

明穂《あきほ》は笑顔《えがお》でぼくを手にとった。

そして修人《しゅうと》は、ポケットから、またなにかだした。

あれは！

おとしものばこから消《き》えた、花がらのキャップだ。

どうして修人がもってるの？

「これって明穂のだろ。こっそりぼくが、おとしものばこの中から、たすけてあげた。あのままほっといたら、きっとすてられてたよ。先生がいったとき、明穂は手をあげずに知らん顔《かお》してたし」

「はずかしくて、いいだせなかった。こんなの

もってたらへんでしょ」

「へんじゃないよ」

「でも、修人《しゅうと》は知ってたんだ」

「うん。まえに明穂《あきほ》の家《いえ》にあそびにいったとき、見たのをおぼえてた」

「ありがとう。修人」

明穂は、すこし顔《かお》を赤くしていった。

「はずかしがらなくていいよ。すきなものはすきで、いいんだよ」

「すきなものはすき。そうだね」

「うん。ぼくはママがすき。パパもすきだけど」

明穂は、花がらのキャップをうけとった。

ふたりともたのしそうだけど、ぼくはかなしかった。

ピッツがブラックにいった言葉《ことば》を思いだした。ボスの感情《かんじょう》に、かかわりすぎるのはよくない。そのうちに、いたい目にあうぞと。

ブラックはきっと、自分のボス、明穂《あきほ》のために、花がらのキャップを見つけようとしていたんだ。そこまで明穂のことを、大切に思っていた。

明穂はそんなことも知らずに、なくしたと思って、あたらしい消《け》しゴムを買った。

そのせいでブラックは、ごみばこライオンに、食べられてしまったのだ。

ブラックをよぶスーの声が、まだ耳のおくにのこっていた。

体育《たいいく》の時間、子どもたちはいなくなり、教室はまた、ふでばこのくにへとかわった。

「ねえ、ピッツ。ぼくはこのままでいいのかな?」

つくえの上に黒板消《こくばんけ》しをおいて、ぼくとピッツは、りょうはしにすわった。ぼくたちはシーソーのようにゆれながら話した。

「このままって、どういうことだい?」

「修人《しゅうと》はすっかり、やさしくなった……ってことは、ぼくの中から、やさしい気もちがなくなっているはず。でもそんな気はしない。それに、ブングガングさんがいってたとおりなら、ぼくはもう、修人《しゅうと》の中にもどってるか、あたらしい自分になっているはず。なのに、これといって変化《へんか》も感《かん》じられないし、ごみばこライオンも、食べにきそうにない」

「食べられたいのか？」

「まさか」

「まあ、ブングガングさんだって、なにもかも知ってるわけじゃないってことさ」

「じゃあ、ぼくはいったい、ナニモノなのかな？」

「ナニモノ？　おまえは、ボーイだ。ふでばこのくにのボーイ。それだけでじゅうぶんじゃないか」

「それだけで、じゅうぶん？」

「そうさ。おれだって、いつかいなくなるそんざいだ。だからこそ、ボーイといっしょにいるこの時間を、思いきりたのしむ」

「そうだね。こうして、ピッツと話《はな》しているたのしい時間。その時間を大切にすることが、ぼくにとって、そんざいしてるってことなんだね」

「そうさ」

「そういえばピッツ」

「なんだ?」

「はじめてであった日、ピッツは名まえなんか、ないほうがましなのかもなっていってたけど。名まえはあったほうがいいよ」

「どうして?」

「このまえ、いいかけたけど、ひとりぼっちでさみしかったとき、ピッツの名まえをよんで、ぼくは勇気《ゆうき》がでた」

「そうか。おれの名まえをよんでくれたのか。ありがとよ、ボーイ!」

ピッツが手をさしだした。ぼくはその大きな手にタッチする。

「ねえ、たのしそうね。わたしたちも仲間《なかま》にいれてよ」

スーがそばにきた。

「なにを話《はな》してた？」

ムーがやさしく、わらいかけてきた。

「この黒板消《こくばんけ》しに羽がはえて、空をとべないか、想像《そうぞう》していたのさ。なあ、ボーイ」

ピッツがそういって、ぼくにウインクした。

「そうだよ、ムー。知恵《ちえ》と勇気《ゆうき》と想像力をつかえば、ぼくたちに不可能《ふかのう》はないってね」

「またなにか、冒険《ぼうけん》があったら、いつでもつきあうからな、ボーイ」

「わたしもよ、ボーイ」

「ありがとう、ムー博士《はかせ》。それから、スーも」

ぼくはやっと、心もからだも、ふでばこのくにの住人《じゅうにん》になれた気がした。

村上しいこ（むらかみしいこ）
三重県生まれ。『かめきちのおまかせ自由研究』（岩崎書店）で日本児童文学者協会新人賞、『れいぞうこのなつやすみ』（PHP 研究所）でひろすけ童話賞、『うたうとは小さないのちひろいあげ』(講談社)で野間児童文芸賞、『なりたいわたし』(フレーベル館)で産経児童文化出版賞ニッポン放送賞を受賞。『音楽室の日曜日』に始まる「日曜日」シリーズ（講談社)、『れいぞうこのなつやすみ』に始まる「わがままおやすみ」シリーズ(PHP 研究所)、『みんなのためいき図鑑』(童心社)などがある。松阪市ブランド大使。

岡本 順（おかもとじゅん）
愛知県生まれ。絵本作家、イラストレーターとして活躍。絵本『きつね、きつね、きつねがとおる』(ポプラ社)で第 17 回日本絵本賞を受賞。絵本作品に『ふしぎなおるすばん』『ぼくのくるま』（ポプラ社)、「キダマッチ先生！」シリーズ（BL 出版)、『つきよの３びき』（童心社)、さし絵の作品に『ふしぎなあの子』（あかね書房)、『キジ猫キジとののかの約束』（小峰書店)、『宇宙からきたかんづめ』（ゴブリン書房)、『カラスのいいぶん』(童心社)などがある。

ふでばこのくにの冒険《ぼうけん》 **ぼくを取《と》りもどすために**
2024 年 2 月 8 日　第 1 刷発行

作　村上しいこ
絵　岡本 順

装丁　長坂勇司

発行　株式会社童心社
〒 112-0011 東京都文京区千石 4-6-6
電話 03-5976-4181（代表） 03-5976-4402（編集）
ホームページ https://www.doshinsha.co.jp/
印刷・製本　中央精版印刷株式会社

ISBN978-4-494-02082-9

Published by DOSHINSHA　Printed in Japan
NDC913　176p　21.6×15.1cm
乱丁、落丁本はおとりかえいたします。